我和一枝筆在路上 3

汪詠黛——主編

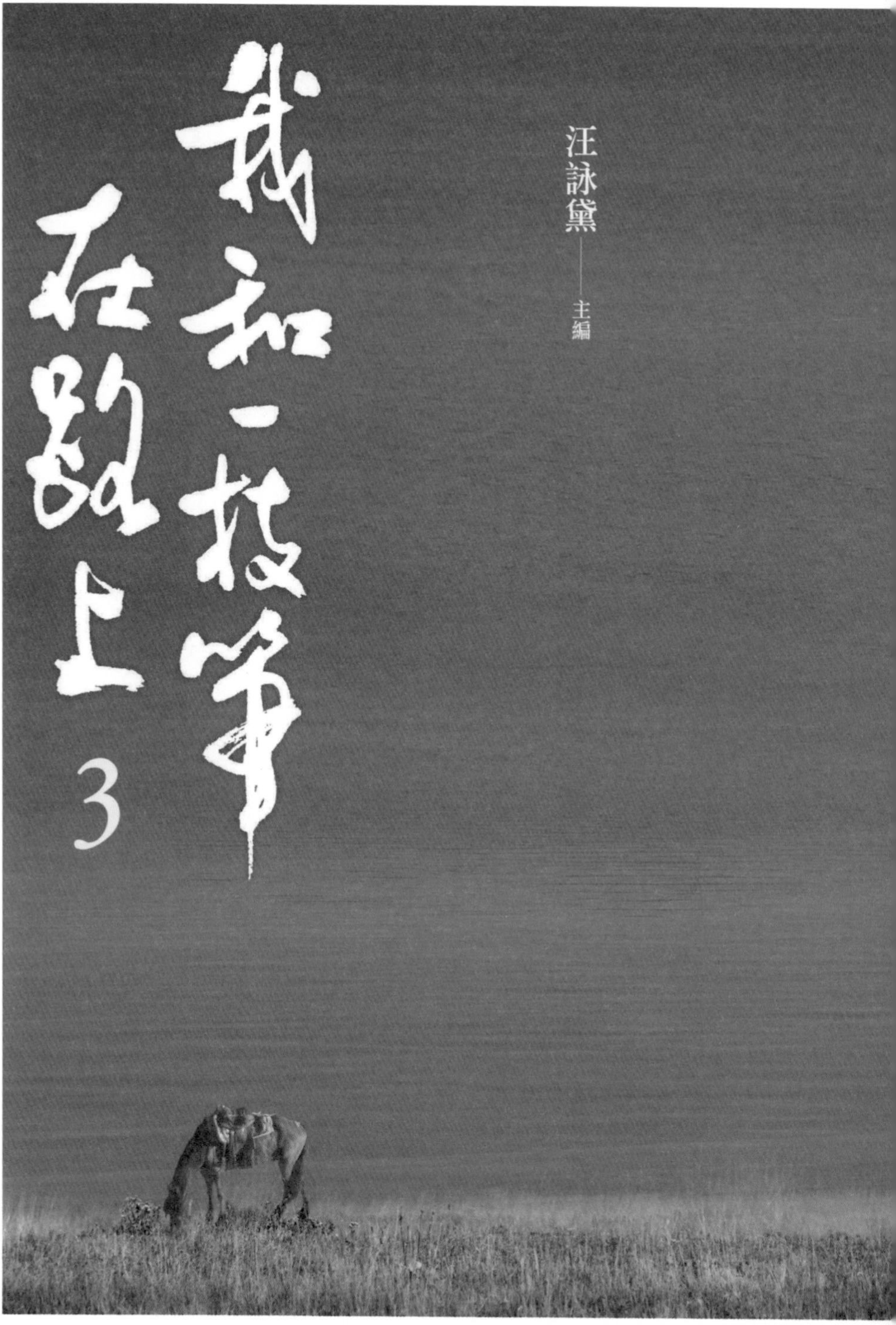

目次

序

輯一

輯二

輯三

序
大家都來寫篇散文吧！

張曉風

(1)

他鼓勵大家寫日記、寫傳記。

他是誰？他是民國初年名氣極大的胡適。他認為，如果人人寫自傳，合而觀之，不就是一部民族生活歷史了嗎？

我十八歲時看到他這種說法，就頗不以為然。如今八十一歲了，更覺他的說法陳義過高，完全不切實際。第一、「寫作」不見得是全民的本事。第二、寫作此事本身不是全部，它必須讓大家看了，才算存在。從前，是透過出版，現在則可以上網。重點是「它必須為人所接受」。總之，作品的存在，一半靠作者，一半靠讀者。

不過，最麻煩的是，並非人人一生中都有拚全力以寫自傳的大志。有些人想，等退了休，再來作此事吧——就像胡適本人，可能也是這麼想，但他猝然在會議中倒地而走了——唉！這人生，哪能全由當事者本人作主？好在他有本《四十自述》，算是半部自傳吧！

他說的是「最好……人人都能……」，但，但現實中，事情並不是這樣的。再加上，人一輩子總有些「不便告人之事」……，像胡適，就並沒有打算呈報他和某位美國女士多年的婚外情……。

(2)

所以，我覺得，只要鼓勵人寫文章就好了——而且，最好鼓勵人寫散文，因為散文在正常狀況下寫的都是「我」。散文寫上一百篇，也就算是半部回憶錄了。

張拓蕪寫《代馬輸卒手記》，他寫的是散文，不是傳記。楊絳寫《我們仨》，她要寫的也是散文，而絕不是傳記。蘇東坡寫半夜跑去找一位叫張懷民的朋友同赴古剎，共看如水的月光，他描繪的是令我們為之摒息的清麗景像，而不是傳記。

但是，如果有人要為作家寫傳記，他大可從這裡取材。

(3)

某大報，除了有「╳╳副刊」的版面，卻也另闢了一頁「家庭副刊」或「繽紛版」，此頁也許可謂為「副副刊」。其差別是文學性不那麼高，但「真實感」和「生活性」十足，讓人不知不覺如同在跟朋友話家常，非常親切。

(4)

汪詠黛曾是一位認真而資深的記者，如今非常敬業地教別人「如何理才（不是財）」。寫作一事有人天生就會，有些人卻需要調教，才有辦法將潛能從地底下「刨」出來。她做的就是婦產科醫生的工作，「助人做人」並「幫人接生」，甚至，還幫忙把孩子調教得更好些，還一路負責把孩子推上舞台。於是，就有了這本書——《我和一枝筆　在路上3》。

我很高興世上有了這本書，我很高興華人發展出這類書。胡適當年的「提倡」

很空洞，汪詠黛的「牽牛下水六腳濕」的辦法才是硬道理，故樂為之序如上。

序

寧馨與貴氣

韓秀

上次見面還是二〇二〇年的早春，雖然台北國際書展因為疫情猖獗而取消，我仍然同台北市閱讀寫作協會的朋友們有過一場溫暖的歡聚，之後便是綿長的關切，互相祝禱著闔府平安、健康、順遂。年凶花好。讀書人、握管人在多數人不得不坐困家中的日月裡卻得到了某種時間的保障，閱讀更勤，書寫出更多的美文。於是，伊媚兒送來了這些充滿愛意的文字，印表機把文章列印出來，在颶風過境風狂雨猛的日子裡，隔著半個地球，我捧著白紙黑字，字字入心。寧馨的氛圍立現，更令人驚豔的是，作者們在字裡行間展現出來的貴氣，與寶島屹立不搖的獨特風景線融合無間。

一間無限大的「霸氣書房」極有代表性地展露出一位資深文字工作者的工作

場景，相夫教子，主持中饋，忙得像兩頭燒的蠟燭之餘，無時無刻，沒有周末與假日，只要醒著，便在用腦、用心、用手寫作中；甚至，很可能，睡夢中也在遣詞造句，「檢視」成稿，力求完善。心有戚戚焉，我看到了作者的堅韌與美好。那樣有所堅持的一位文學人，那樣周到、那樣充滿愛心，那樣任勞任怨的一位台北人。最重要的，作者不受環境限制，構築出真正屬於自己的寫作天地，無限寬廣，印證了生活本身已然成為作者寫作場域的真確。

人，存活於世是多麼艱難的事情，生老病死都是痛苦，常常不堪聞問，常常無計可施，常常只得聽天由命。然則，苦痛與煎熬中那鼎力相助的源頭卻來自家庭，來自結縭多年的另一半，那種由衷的喜悅、感激、昂揚無以言說。一份「結婚紀念日的禮物」粉碎了金錢的桎梏、粉碎了對於手術的恐懼，甚至粉碎了疼痛帶來的種種身體與精神上的折磨。「太太的健康是無價的」出自生命中最重要的男子之口，那是怎樣的珍惜，那又是多少世間女子無緣得到的幸福。滿心感動，世界上有這樣美好的情感，真正能夠無堅不摧。

「黑膠唱片」沒有隨著高科技的發展而成為被灰塵掩埋的古物；「台灣的荔

枝」也沒有因為東西方文化的隔閡而被禁足；「阿里山」以她的雄偉壯麗持續不斷地吸引著來自世界各地的人們。作者的童年記憶裡充滿了這樣的美好，而帶給小女孩許多歡愉的是家庭的友人。作者用一篇美文來表達她對這位聖誕老公公般的長輩的感激之情。歲月流逝，美好長存，豐富滋養著人生，更彰顯了傳統文化的寧馨與貴氣。

弔詭的世界亂局，摧枯拉朽的颶風海嘯地震都無法與文學抗衡，帶著一枝筆走在閱讀寫作路上的朋友們將他們的智慧、心血、才華化作文學長河的涓滴、文學風景線上的彩虹。新書出版之際，遙寄我深切的思念與真摯的祝福。

——二〇二二年十月六日寫於美東華府近郊維也納小鎮

序

可口與渴望

路寒袖

台北市閱讀寫作協會幾經變身躍進，由寫作私塾、讀書會、台北市婦女閱讀寫作協會，至二〇一六年更名為「台北市閱讀寫作協會」，一路行來，明年就要邁入第二十年了，更令人驚訝的是會員不斷加入，如今早多達一百餘人，其活動力、影響力之強可見一斑，這對一個民間的社團組織而言，簡直是神奇般的存在。

協會之誕生既源於大家對閱讀與寫作的共同喜好和熱情，所以會員中不乏善寫者，且多位已卓然成家，十幾年來，常於各大小文學獎耀眼奪獎，平時也活躍於報章雜誌，二〇一三年，會員作品合輯《我和一枝筆　在路上》第一輯出版，驚豔文壇，現在出版第三輯了，我作為協會發起人之一，有幸得以先睹部分篇章，乃不揣簡陋，率先來分享我的讀後心得了。

這兩年我開了一門很有意思的課——引導式自傳書寫，去年首屆來了十餘位學員，今年大爆發，擁入近四十位，限於教室空間與課程規畫，最後極限只能收三十個，兩年下來，近五十位學員八、九成是退休族，身分多元，如銀行主管、大企業美國部門財務長、企業主、攝影家、畫家、書法家、醫生媽媽與太太、大學教授、國中老師……，但大部分學員都畏懼書寫，我乃引導大家先口頭說故事，果然，數輪下來，氣氛立即炒熱，每堂課都欲罷不能；接著，學員陸續自動交出文章，這些學員再以文章當講稿於現場分享，如此交互良性循環，十堂課結束，每個學員都「獲利」匪淺。

大家講什麼呢？就是個人的生命故事，自己或許沒發覺，其實每個人的生命故事都精采，課堂上的笑聲、掌聲是最好的證明，所以只要你願意說出口，寫下來，那故事就留了下來。這些學員當然剛起步，還在摸索屬於「我手寫我口」階段，但這與協會會員的作品有何相關？有的，在文字的熟練度、敘述技巧、文章結構等藝術性上，當然會員們的作品遙遙領先，不過主題內容的生命情懷、人生歷練、社會環境等則是相近的，因此讀來是那麼的有感而動容。

張知禮的〈水墨流金〉是新北文學獎的獲獎之作，破題就好，說母親要女兒（即作者）從好幾大卷未裝裱的畫作中去挑選，足見母親作畫之勤之多，隨之道出母親學畫的過程，那何嘗不是母親的一生呢？寫陪母親習畫兩年的那段很有戲，母女一起當學生，溫馨又畫面十足，其中母親還當起小老師為女兒惡補交作業，呼應了文前，祖父誇讚母親的繪畫天分。收束時，作者提及自己也已是花甲之年，正走著母親之前的人生，母女的生命再度疊合，圓融感人。

譚立人的文章標題叫〈一二的圓滿〉，乍讀就讓人好奇得想一窺奧秘，不過作者開宗明義即引諺語「人生不如意事十之八九」，那剩下的「一二」豈不應該「如意」嗎？可又說「為什麼我的生命走得那麼用力，卻連那一二都看不到？」既是如此，又何來「圓滿」呢？若要獲知答案，讀者就得讀完全文。作者在短短的千字裡綱要式的交待了自己刻苦勤奮的大半輩子，退休後原本規畫跟親愛的妻子好好享受新人生，無奈妻子驟逝，晴天霹靂難免令作者懷疑人生，然隨而筆鋒一轉，作者升格為外公，負擔起照顧小孫女的重任，新生命帶來新領悟，那一二的圓滿在此終得成全。

邱雯凰〈緩慢的練習〉下的標題與〈一二的圓滿〉有著異曲同工之妙，寫大手術後的復健過程，切入的角度頗為到位，描述生理的適應、心理的轉折，以自我解嘲的方式，像名模台步、英國皇室禮儀等，來緩解內心的諸多糾葛，結語正面向上很是勵志，然因為作者經歷生死關卡，是以非但絲毫不八股老套，而且充滿了正能量。

不論詳實或精簡，凡此種種的生命故事你豈能不為之動容，這些經由優質的文學手法潤澤之後的作品，讓我們讀來更加的可口與渴望，渴望著下一本儘速的到來。

序

這是一個繁花盛景的地方

方梓

這是一條長期耕耘的路，我見證了詠黛的毅力與堅持，也一路觀賞學員用筆用心耕耘了一塊塊文學的花園。

我和詠黛是對門鄰居；我們同住在一個U字型的公寓，隔著中庭，我們同在七樓，我在客廳陽台可以看見詠黛家後陽台，我們卻在二十年才真正認識。我們的小孩讀同一個小學、安親班、國中，我們在不同的報社上班，我們的車停在同一停車場，我們有時也會在屋旁的公園溜小孩，但是二十年來非常巧合的我們沒見過面，但是我們都知道彼此是同行也是鄰居。

那是我們都離開了報社，詠黛創立了寫作班，我到另一個單位上班，就在中庭旁的停車場我們終於巧遇了。彼此都是「久仰大名」，我不敢推辭成了閱讀寫作協會的發起人之一，也不敢推諉而成了寫作班的上課講師。當時我才剛剛兼任大學文學系的講師，創作質量都不足，教寫作的經驗更是淺薄，因為是鄰居，因為詠黛的熱情「興學」，我斗膽的一路相隨，同時也走在學習之途，我摸索著創作的教學，也從學員中欣賞不同的創作才能。

由閱讀開始，從寫作出發，學員不只是在台北，有遠從高雄、台南、台東前來，他們與我年齡相仿或年長、年輕，有很多人在各行各業都非常傑出，在退休後，或工作之餘來完成寫作之夢，每次上課從他們身上受到學習熱忱，眼神充滿對文學的愛戀；幾年的閱讀、幾年的書寫，在詠黛和幾位熱心同好帶領下，有人開始投稿，有人參加文學獎，都有斬獲，然後，有合集出書，也陸續有人出版創作，一本接一本，協會花園愈來愈敏茂。在創作上有成果的學員，他們依然年年參加寫作班，每期創作，屢屢投稿、參加文學獎，從不停歇熱情不減。

都說寫作是一條孤獨之路，但在協會中我卻看到眾聲喧嘩，閱讀與寫作的心情是沸騰，交流熱鬧；寫作也是一條漫長而堅辛的路，在眾多的寫作班中，台北市閱讀寫作協會是特異的，凝聚力強，持續力長，二十年沒有中斷，熱情依舊。

我期盼台北市閱讀寫作協會還有另一個二十年，也許我們都已耄耋之年，仍然上課仍然寫作，仍然驕傲地說：「我是台北市閱讀寫作協會的學員」，而我也要驕傲地說：「我曾經在這裡講課！」

序

一個人寫，自在；一群人寫，有伴

邱祖胤

寫作是很私人的事，有時不足為外人道，有時又特別想找個人說。此時如果有同好相伴，時不時相聚，你知道我在寫，我也知道你在寫，心中便踏實許多；若偶有名家指點，風乎舞雩，各言其志，這樣的寫作經驗，又不同於千山獨行的自我修練。

有些人選擇一個人，有些人喜歡一群人，沒有哪個好、哪個不好。只是：一個人寫，自在；一群人寫，有伴。

在台北就有一群如此幸福而有伴的寫作者，他們堅守寫作崗位，努力耕耘，創作不輟，數十年如一日。說他們是素人，其實不然，他們個個身經百戰，有些在教育單位服務，有些是學者教授，有些著作等身，有些是副刊、雜誌見刊常客，他們的文章不只言之有物，字字珠璣，有些見解更發人深省，午夜夢迴讀來，總令人讚嘆再三。

但這些人有個特質，他們特別謙虛、低調，但好學不倦。他們不是因為不足才來學習，而是想多聽聽別人怎麼說、怎麼寫，教學相長、互相打氣之外，也相互啟發，拓展視野。

他們知道德不孤、必有鄰，文學路上不寂寞——只要手上的這枝筆還在寫著。

這些人都來自台北市閱讀寫作協會。

台北市閱讀寫作協會的朋友都知道，寫作如同修行、修練，每日寫完這最後一行，不管寫好寫壞，都不再有遺憾了，因為今日所寫的每一字、每一句，都帶著滿滿誠意。而當他們知道也有人像他們這般帶著滿滿誠意寫著，這麼多誠意匯聚在一起，是何等殊勝的緣分。

個人有幸從二〇一四年起，每年到台北閱讀寫作協會分享寫作經驗，每當來到這裡面對這些虔敬的寫作者，不免懷著忐忑的心情，我哪有什麼可教這些寫作前輩的？我哪有資格站在這樣的殿堂之上？但只要想到，自己也是懷著滿滿誠意持續寫作的一員，便有勇氣將自己少少的心得公諸於世。不怕野人獻曝，不怕好為人師，只怕自己不夠誠意。

台北市閱讀寫作協會的夥伴們，特別能量飽滿，活力十足，這些年他們還出書，轉眼間《我和一枝筆　在路上》已經出版到第三本了，一如他們始終懷著滿滿誠意書寫一般，不吝於分享自己的好文章，分享自己在人生路上、寫作路上的點滴心得。

只要想到這樣的一群人總是相互陪伴的寫著，便覺得寫作是一件美好的事。我相信《我和一枝筆　在路上》馬上會有第四本、第五本、第六本，也相信這樣的寫作勁旅，陣容會愈來愈堅強。因為他們相信寫作的力量，而且始終帶著誠意把自己的信念傳達給更多人。

序

立足台北，超越性別，讀寫人生

楊宗翰

閱讀能不能傳？創作可不可教？——身為一位以「語文與創作」為所屬系所名稱的大學老師，答案當然是肯定的。但那是指接受過至少四年、超過一百多個學分的專業訓練下，最終能順利通過的畢業生，理當對閱讀與寫作兩者具有相當能力。換言之，這個肯定的答案通常侷限在學院圍牆之內。那麼在學院圍牆之外呢？幸好台灣社會還有「讀書會」跟「寫作班」的存在，讓日常生活裡除了正式學校體制，文學愛好者仍有可以精進自身讀寫能力的練功房。

追溯其最早型態，應屬上個世紀五〇年代的「中華文藝函授學校」。校長李辰冬（一九〇七～一九八三）是法國巴黎大學文學博士，曾擔任燕京大學教授，一九四九年東渡來台。一九五三年八月，李辰冬首度以中華文藝函授學校之名登報招生，次年元月正式開課。他一次開設小說班、國文進修班、詩歌班三個班別，分別聘請謝冰瑩、梁容若、覃子豪擔任班主任。五月，李辰冬又創辦函授學校之代表刊物《中華文藝》，其中便設有函校作業批改示範與學員作品發表，可謂從教學指導、批改評閱、投稿發表，盡可能地照顧到各種層面與不同階段。函授學校雖然跟正式教育制度有別，但在那個時代真正幫助了許多渴望增進文藝知能的青年。軍旅詩人向明就是因為五〇年代報名了函校詩歌班，在覃子豪指導下愈發堅定創作志向。還有好幾位讀過函校的寫作者，都像向明般奉獨身在台的覃子豪為師，並輪流照顧罹癌的他走完人生一程，可謂更加彰顯函校此一體制外文藝殿堂的魅力。

比函校發展更進一步者，則是遍地開花的「讀書會」跟「寫作班」。追求自由，掙脫束縛，本為當代文學一大特質。所以發自民間社會、跟校園脫勾的「讀書會」與「寫作班」，完全不用理會任何課綱（全名為國民基本教育課程綱要）束縛，可任憑主事者一己之喜好或偏愛來規劃。雖然如此，但本地具規模、有歷史的「讀書會」，發展至今已成為一道道美麗的人文風景。譬如洪建全基金會於一九八七年成立的「素直友會」，長期推動閱讀風氣與協助會務運作，目前參與其中的讀書會團體約有六十家之多。而「寫作班」大抵又分為團隊或個人兩種模式，前者如「耕莘青年寫作會」及其開設之各式文學課程或營隊；後者如作家阿盛，在一九九四年辭去媒體工作後創辦的「寫作私淑班」，小班教學、自宅授課，堪稱是第一個由知名作家創設的現代文學講堂兼私塾。

這本《我和一枝筆 在路上3》的作者群，全數出自同一個團體，並且兼具上述之函授學校、讀書會、寫作班三重性質——只差在過往紙本郵寄的函授，今日已轉為同步視訊、雲端授課、電郵或Line通訊。會出現此一堪稱「神奇」的文藝團體，最早出自汪詠黛二〇〇四年受託於台北市婦女新知協會成立的「生活寫作班」，二〇〇九年又有由四、五十人組成之「黛媽咪讀書會」。至二〇一〇年向台北市社會局登記立案，創設「台北市婦女閱讀寫作協會」；二〇一六年再改名為「台北市閱讀寫作協會」，痛快地撕下了二分法的性別標籤（儘管在黛媽咪讀書會時期，就曾有「天字第一號男學員」）。該協會秉持「先讀後寫」原則，讓成員先厚植閱讀根基，再鼓勵大家結合努力與天分，嘗試提起筆寫作。百餘位協會成員中，職場退休或銀髮族占比甚高，尚無光鮮「文學履歷」的他們常會被視為「寫作素人」。但若經常關注文學媒體版面或各式文學獎結果，便會發現協會成員屢有斬獲，獲刊、獲獎頻率甚高，豈容無知者小覷！僅就二〇一三年跟一八年，能夠從成員已公開發表作品中，精選為前後兩部《我和一枝筆　在路上》，即可發現他們以筆為鋤，努力耕耘，其用心實不亞於所謂的「寫作達人」。若要說到有何差別，我倒是更為欣賞書中所錄文章，顯現之生活體悟與生命感受——寫作「達」人之文，美則美矣，往往就欠了這點「素」味。

二〇二二年八月承蒙汪詠黛盛情邀請，有緣赴協會「生活寫作班」講了一場。當天在《OR旅讀中國》會議室開放線上同步轉播，也讓我首度見證了協會諸君的尊師重道、認真聆聽與周詳考慮，真是一次非常愉快的演講經驗，連會後合照的笑容都特別燦爛。我想他們已經很習慣了，一切都是那麼井然有序，按部就班。就像協會會員們先以聽代讀，再嘗試寫作，繼而鼓勵投稿，最後成果又精編細校為這部《我和一枝筆　在路上3》。同樣身為文學愛好者的我，很期待能夠跟大家一起走下去，繼續立足台北，超越性別，讀寫人生。

序

讓心與心靠得更近

小熊老師（林德俊）

這本書的產出是個勵志的故事，一群人，因緣遇合，共同灌溉一個溫馨天地，在此天地裡，各自照養著一畝生命故事的園圃——花開，賞心悅目，獨樂眾樂；花謝，落土成泥，化為養分。

生命是一段又一段酸甜苦辣，故事總有始終起落，寫下來，便能留下些什麼。時光並非一去不返，在閱讀一段文本的當下，我們「共時」過去、「同理」主角，置身有血有肉的情境，擁抱一種陌生的熟悉。無論悲歡離合，讀過、寫過，都是一種「通過」——穿越從前，探向未知。讀與寫都是抒發——閱讀，讓暗室透光，敞開自己如海納百川；寫作，蒐羅、反芻、斟酌、鍛鍊，剪裁記憶，琢磨觀點，尋找自己的語言……

從閱讀到寫作，對多數人而言是一道門檻的跨越，其實這是一趟永無止盡的旅程，沒有終點。當你提起一枝筆，你便在路上。台北市閱讀寫作協會裡有一群夥伴，讓你在這條路上，不孤單。走進一座充滿可能的花園吧！在大師講座裡閱讀名家，在小組聚會裡閱讀彼此，交換故事之餘，遊藝生活，分享知識，走訪風景，無論走到哪裡，總是帶著一枝筆，在路上。

與這群朋友在一起，總能獲得滿滿正能量，有時，我站在講台上，有時，我跟大夥一樣坐在聽講席，也有些時候，我們一起腦力激盪、暢談願景，又有些時候，我們一起扮演幕後推手、到哪裡公益服務……大夥愈活愈年輕，因為他們樂在共學，共學的趣味，不止於一起向「文」林高手朝聖，更在於三人行必有我師，而這個團體裡何止「百師」——台北市閱讀寫作協會由一群退休後進入第二人生的婦女發起，二〇一〇年正式組織化，現今會員早已超過百位，其骨幹為社會菁英，專業遍及四方，除了作家，還有醫師、教師、職能治療師、園藝治療師、畫家、音樂家、編輯、記者、氣功教練、博物館導覽員、影視工作者等，師輩為伴的學習之路，磁場當然非同一般。

除了少數專業作家，協會成員多數屬於素人作家，在某個機緣重拾一枝筆，謙恭耕耘不輟。眾友文章經常登報，更有大器晚成者陸續在文學獎有所斬獲，綻放銀光。這些素人作家多半已進入黃金歲月，在豐富的閱歷加持下，讀他們的文章，特別有滋有味。

文學，讓心與心靠得更近。除了讀，不妨也提起筆來寫，無所為而為地寫，也可以為了自己、為了分享而寫。這枝筆，是魔法的掃帚、作夢的權杖，你可以玩去蕪存菁的減法，也可以試顏彩層疊的加法。提起一枝筆，樂在其中，這已是寫作的至高意義了。

輯一

我和一枝筆在路上

王蓓蓉

生死未卜兩茫茫

王蓓蓉的大哥（左），侍母至孝。

王蓓蓉，中學美術教師，2006年退休，現為一雙七歲孫子女的監護人與生活照拂者。暇時無忘運動、養生、閱讀與寫作，努力以文字爬梳個人過往、理絡家族歷史、抒發亂世感懷；望能積篇成書：「我和一枝筆在孫孫成長的路上」。

大哥是長子，一直很顧家，從水產職業學校畢業領到的第一份薪水開始就如數交給母親，幫忙雙親養家，在眾親戚中傳為美談。他成家後，還是把大部分薪水交給母親，但未獲得妻子的諒解，加上個性不和，導致離婚收場。

大哥離婚之後先與女兒住老屋，後來女兒出嫁，他退休後一人獨居。父親過世，大哥逐漸整理了老人家所有書籍、文件、日記，發現了隱藏半世紀以上的祕密！

二〇一八年十月那天，將邁入八十高齡的大哥，當面跟親友宣布，要回上海自由行，言明自己身體健朗不必陪伴，預定五天之後就會返台，也無須有人相送，哪知十天之後全無音訊。

大哥的女兒開始整理他的個人用品，看能不能尋到在上海的落腳地點，赫然發現抽屜裡的護照與台胞證早已過期，存摺、圖章都整齊地擺在一起。這時家人才開始懷疑起大哥的去向，怎麼會連手機都沒帶？小哥去海關打聽後，確定沒有出關記錄。二哥詢問鄰居才知大哥平時代步的電動機車，不久前已經以賤價六千元賣給店家，似乎早有一去不返的打算。

姪女先去警局報案，請警方配合調閱路口、公園門口的監視器，找到出發當日，經過超商前得到的清楚正面身影。她在家附近的雜貨鋪、商店，甚至捷運車站邊的柱子上張貼Ａ４大小的尋人啟事，一路打聽是否有人見過她爸爸。

大哥是在一九四八年，跟隨父親來台。當年，我的父親帶著寡母、三位妹妹、妻子和三名子女一起從上海逃難來到台灣，在這七十年裡，各家枝葉繁茂子孫滿堂。大姑媽後來移民美西多年，晚年落葉歸台，她在失智之前透露口風，原來我的大哥不是媽媽親生子，是風流倜儻的父親與高中同校女同學的私生子。

奶奶是一家之主，斷然阻止父親追求自由戀情，她只認定在家裡當童養媳的母親才是父親的正室，下令父親將新生兒領回由母親養育。母親無奈接受這生米煮成熟飯的事實，被動有了長子。十八歲奉命完婚，自己生的第一個男孩反而成了次子。

面對婚姻中第三者所生的大哥，母親年紀輕不識字，對於情敵之子能夠心胸寬大到視如親生嗎？當時尚年幼的姑姑們有目睹到某些不平等待遇嗎？在台灣出生的小哥與我，一直以來看不出其中的分際，但我清楚的是，奶奶仙逝之後母親當家，三位兄長各自成家，母親十分公平地親自幫三位兄長各帶大一名孫子女。

已經三年了，所有親人歸納出大哥的失蹤原因可能是尋母絕望。大陸過去半世紀的動亂，文革期間鬥爭死、餓死者無以計數，算算大哥的生母也超過百歲了，他怎知要從哪裡尋起呀？

午夜夢迴，我心繫於大哥的行蹤杳然，眼前只有無盡地思念與徒然的落淚。想起大哥自幼對我這個么妹頗為疼愛，當年聯考上了與興趣符合的美術系，大哥選了一塊名貴的端硯作為獎品，鼓勵我走向藝術的路，提醒我要追求精進與有餓肚皮的打算，爾後我選擇教書謀生之途。

平日電影看多了，我在半夢半醒之間曾慶幸大哥碰到貴人，以走私舢舨船隻，輾轉回到上海，在老家不遠處的弄堂裡，他已然拜望熬過苦難的高齡生母……

王慧綺

雞腿阿嬤

王慧綺感謝每一位老師的指導與鼓勵。

王慧綺，從小喜讀歷史、推理、科幻小說，二十餘年前試著書寫，蒙《中國時報》夏瑞紅主編肯定而有信心，退休後加入閱讀寫作協會勤習精進，107年獲新北市文學優等獎。書寫讓她在文字中認識自己，與家人「重逢」。

在我之前，母親有一個女嬰，出生不久即夭折。懷我的時候，母親擔心又是個女兒，心情忐忑不安，阿嬤代她去算命，算命仙安慰阿嬤：「妳不要小看這是個女孩，她不但會招來弟弟，以後妳的兒子及孫子都要靠她哩！」

不知是因為算命仙這一句話，抑或是我從小乖巧聽話、課業成績不錯，阿嬤對我特別好，家中每逢過年才會出現的兩隻雞腿，她一定讓我獨享其中一份。

二歲半時，阿嬤陪同父親至台北工作，懷有身孕的母親帶著我暫時回到嘉義娘家，一住就是五年。如果母親偶而上台北探望父親和阿嬤，我最盼望的就是她帶回阿嬤給我的大雞腿，我常嚷著要見「雞腿阿嬤」。

我讀小二，大弟五歲，父親工作穩定了，母親才帶著我和大弟北上，一家團圓。我清楚記得那天踏進台北租屋處的驚嚇——怎麼這麼小、這麼擠？約一點五坪的狹小「雅房」，浴、廁、廚房需與房東、租客共用，一層只有二十坪的公寓裡面住了十五人。我住的嘉義外婆家，可是有前後大、小花園，有大魚池、大廳堂、大飯廳啊！

那天，微胖的雞腿阿嬤，身著兩截式深灰色七分衣褲，頭髮挽著髻，耳垂勾著小金環，她笑笑地看著離開五年後才第一次看到的我，拉拉我的小手，安頓我那顆極度不安的心。

阿嬤每天帶我上、下學，經過平交道時會再三叮嚀，要等柵欄打開才可以通過；她教我認識公園及路邊的花、草、樹木：魚腥草可以解毒，誤食夾竹桃會失語，咸豐草、金銀花、野葛根草可以治感冒。

阿嬤自小生活在嘉義奮起湖山區，略懂草藥，她常提醒家人要顧好身體，因為以我們這樣的經濟狀況，生病是奢侈的事，所以一家老小只要感冒，都是靠著阿嬤到附近公園、校園摘藥草治癒。

* * * *

母親去世那年我初二，大弟小六、小弟三歲，阿嬤要照顧小弟兼做家事，雖忙碌但不肯讓我幫忙。阿嬤從未受過學校教育，卻深刻瞭解教育的重要，她不但沒有老一輩人重男輕女的觀念，還在生活起居上獨厚於我，她說我是女孩，不可與弟弟同寢，即使家中貧寒，我仍擁有獨自的床鋪。她不識字，每每看到我安靜地埋首於書本，總是對鄰居誇讚我用功，每學期領獎學金。其實，我常是快快寫完功課，就低頭猛看小說哩！

那些年，父親薪資少，要養活一家五口不容易，他想藉由股市賺錢，但手中籌碼極少，加上急躁的個性，終究無法在股海翻盤，生活更加困頓。為減輕家庭負擔，我由省女中轉入商職夜間部就學，開始半工半讀，以打游擊方式，在父親就職的公司裡，為請產假的女性員工代班。

當時我心裡常有不平，不願接受為何同學們能順利就學，而我卻需如此；當同學還有餘錢購物時，我的身上除了唯一的學生制服外，沒有一件外出服。

阿嬤為了讓我比別人看起來乾淨整齊、不被人看輕，她會在我工讀上班前，預先熨好我的學生制服，使我整日清爽。當年公司位在家對面，每日中午我可以返家用餐，阿嬤知道我喜食魚類，想方設法逐日更換菜色，有乾煎的黃目鰱、肉鯽魚、黑鯧，也烹煮出醬油三層肉、薑鹽烘雞肉等美味可口的飯菜，只是至今我仍無法理解，她如何在那樣艱難的日子裡，變出那些菜色。

一九六二年（民國五十一年）台灣霍亂「大流行」，全台風聲鶴唳。報載虱目魚以人的糞便為食，帶有霍亂病菌，全面禁止銷售，但市場魚販仍暗中將虱目魚掐頭去尾，只留肚腹販售，價格極為低廉。我們平日吃不到魚肉，遑論虱目魚，阿嬤趁此時機每天上菜市場採買新鮮虱目魚，將魚肚煎得油亮、焦黃、香味四溢，我們開心吃著，像是「天天過年」，平安度過霍亂危險期。

一九六五年（民國五十四年）我讀高一，有一天放學回家，發現阿嬤赤腳屈膝跪在地上，以抹布用力擦洗溢滿麻油的磨石子地板。當年的麻油是昂貴補品，家中僅有一瓶，怎能受得起此等失誤！況且打破後，麻油散膩在凹凸不平的磨石子地，善後很困難。

我大驚：「您打破麻油瓶？」

阿嬤淡定地回答：「毋要緊，打破了，擦乾淨就好。」她雙手不因說話而停頓，不停地上下左右，繼續抹淨，擦完一處，再擦另一處。

＊　＊　＊　＊

我最愛在阿嬤得空時，聽她講嘉義內山（台語：深山）的故事。阿嬤十六歲時，獨自在住家的深井汲水；阿公當年十八歲，四方臉、寬額、濃眉，身材高大壯碩，彼時，他正受東家囑咐到內山踏勘找草藥。阿公路過小村，看到一名膚色白皙，身材苗條，梳著粗大長辮的少女正在汲水，他一見怦然心動，立馬上前要水喝。阿嬤回頭沒說話，只用清亮的大眼直視他，同時身手俐落地汲水並遞水給他喝，此舉讓阿公更加著迷。一周後，阿公的東家派管家前來說親。外曾祖父以家內尚有三名姐姐未婚嫁為由婉拒，但阿公的東家態度積極，連續談親三次，外曾祖父只好應允這門親事。

阿嬤嫁入阿公家時，方知他是從福建來台謀生的窮苦兒，父母雙亡，家徒四壁。

婚後一年，阿嬤生下我的父親，阿公非常高興，但也深感背負著家庭重責大任，他毅然向東家提出辭呈，隻身深入人煙稀少的內山，沿著彎曲山路徒步向前行，探訪奮起湖到阿里山的原住民部落，沿途尋採草藥，兼做山產買賣。

阿公很有語言天分，他自行學會各種原住民語，因和原住民溝通的態度誠懇，數次交易經驗後，取得他們的信任，從此，阿公成為嘉義市唯一能向原住民採買山產的商人。

阿公三十五歲的某天，在內山採買受到風寒，高燒不退，發出囈語，喝草藥已無用，情況相當危急，阿嬤連夜由內山狂奔下山找醫生。山路在皎潔的月光下能見度尚高，四周不時竄出野猴子，阿嬤顧不得害怕，拚命趕路求醫；走到半路，突然聽到一陣陣沙沙聲，在一片靜悄悄的山區響起，聲音越來越大，響如暴風雨來臨前的狂風吹襲，阿嬤迅速躲藏在一塊巨石後，屏聲靜氣地等待。不久，來了一群約四、五十隻的果子狸，牠們由一隻個頭特別巨大、強壯的果子狸帶領，整齊列隊通過，阿嬤等待牠們走後，才驚魂甫定繼續趕路。

又有一次，阿嬤夜晚巡視豬仔，第二天要餵豬，發現整欄的豬仔竟然全不見了！定睛一看，才知道居家附近發生土石流、走山了。

多年山居日子的細心觀察，阿嬤能依照天候的變化，精準預知氣象。她告訴我：「早出日、不成天，雨呢歇午、會落額哭；魚鱗天，不雨也風顛。」意思是，清早見到陽光，不見得全日是晴天，下雨天若在中午暫時停歇，就無法預測雨會下到什麼時候；天空若出現魚鱗般的卷積雲，可能惡劣天氣即將來臨。年歲漸長，讓我逐漸明白天氣的諸多變化，譬如人生種種，豈是依事情的表相能定奪。

＊　＊　＊　＊

不到十年光景，阿公成為一名出色的商人，他曾購置嘉義市區的大店面做山產批發商，又陸續買進連綿山坡地，土地之多，光是走路，就要花費一小時才能走完所屬田產的全程。阿嬤雖然開始過著擁有多位傭工的富裕生活，但仍然親力主持家務。

阿公操勞過度，不到五十歲突然因病去世。父親在慌亂中接手生意，因不熟稔，幾次的投資失利，家產盡失，但在我的記憶裡，阿嬤未曾懷念過去在嘉義的好日子，或怨歎跟隨父親搬來台北的困窘生活。

我高二時，阿嬤遽爾辭世，平日喜愛和阿嬤暢談世事的父親，突然變得沉默不語。他經常在半夜三點摸黑出門，獨自徒步到行天宮參拜、灑掃宮廟前庭；假日裡，父親要我陪著他到郊區的各大寺廟參拜。父親孤單、寂寞的身影，讓我很難過，不知道如何安慰他。

阿嬤走後，我們的苦日子才真正來臨。父親投資再次失敗，家中有一餐沒一餐，債主紛紛上門，父親躲到不知名的地方，僅留十七歲的我，帶著大弟及七歲的小弟面對。

某天，一位債主上門，他用力拍打木門大聲叫囂，當時大弟外出，我趕忙叫小弟躲進臥房。一開門，看到一位瘦高的男士，喝問我父親的去處，我說不知道，他更加生氣，臉上的五官扭曲，模樣恐怖，原本揚手要打我，後來不知為何沒打。他叫罵著並恐嚇我：「明天！我就到妳上班的公司找妳的主管，讓大家知道妳父親欠錢，妳等著吧！馬上就會沒工作！」

我不怕大家知道我家欠債，但一聽會「沒工作」，心裡慌亂直想哭，但即時想起阿嬤曾在打破麻油瓶時說：「毋要緊，打破了，擦乾淨就好。」我馬上對他行個大鞠躬：「對不起！對不起！我的父親不是逃債，他只是一時還不了，等他有了錢，一定會設法慢慢還的。」債主才一面咒罵，一面離開。

後來，父親外調離島，按月還債，直到退休前十年還清債款。不堪債主時時臨門的驚擾，大弟決定離家尋找他的未來。行前問我：「以後的日子怎麼過？」我說每個月有六百元薪水，省點用就好。大弟好意提醒我：「小弟這麼小，妳沒有能力養他，把他送走吧！」

我憤怒地回答他：「別亂講！我能活，他就可以成長。」

和大弟對話時，我正踏在當年阿嬤打破麻油瓶，用力擦拭的那處磨石子地板上。

我開始拾起阿嬤的工作，擔起一家之主的責任。早上六點半，到工讀的公司洗杯子、擦桌子，七點半工作完妥，在位子上打打珠算，八點送公文。因在夜校擔任班長，下班後須趕著五點半學校的降旗典禮；晚上下課後，立刻回家手洗我與小弟的衣服，尤其是小弟的卡其布制服，遇水後特別沉重、難洗，瘦弱的我常與衣服奮鬥，每天都是過了午夜方能就寢。

＊　＊　＊　＊

婚後，我住進婆家，把相差十歲的小弟也接來同住。婆家人從不嫌棄小弟，視他為家中一分子，他們認為：「只是加一塊碗，一雙箸。」婆婆更是常說：「加人加福氣」，「有好因緣，才能聚在一起」，非常歡迎我的小弟來住。

小弟也很爭氣，專心求學，一路讀到德國公費電機博士學位；之後立業、成家、生子，我對阿嬤總算有了交代。

年少時，見識過阿嬤在艱困的日子裡，不怨天尤人、勤儉持家功夫；她的修為，讓我想到「巧的食戇的，戇的食天公」的閩南語俗諺，也正因為如此，我一直覺得人世間只要肯努力，天助加上自助，沒有過不去的難關。

阿嬤去世三十七年後，我的大女兒完婚、生女，每當外孫女甜甜地叫我「阿嬤」，總讓我想起不知從哪裡變出魚肉飯菜，養育我長大的「雞腿阿嬤」。

——第八屆新北市文學獎徵文（黃金組）第二名

田醒民

跟爸爸去上班

身為閱寫協會「天字第一號」男會員，田醒民如魚得水。

田醒民，台北市閱讀寫作協會發起人之一，多次參加協會舉辦的生活寫作班，得以一窺文學領域，徜徉其間。作品曾刊載於《聯合報》與《人間福報》。

父親老了、病了，每天吃一大堆的藥，整天都是昏沉沉的。雖然有外傭照料，可是父親堅持要我幫他洗澡，因為父親喜歡在洗澡時，聽我講小時候跟他一起上班的故事。

媽媽走的那年，父親四十三歲。當時台灣鄉下沒有托兒所，逼得父親只好向主管求情，容許能帶著三歲的我上班。

在父親辦公室的那幾年，我沒有玩伴，整天不是畫畫，就是安靜地看著那幾本幾乎翻爛的故事書。常常想著媽媽，有時候會忍不住哭了起來，這時父親總是用他那張大手輕輕摀住我的嘴，深怕引起同事側目，更怕得罪了主管。

有一次，父親雖然大力地摀住我的嘴，可是仍遮不住我的哭聲，父親與同事們怎麼哄也不管用。氣沖沖的主管跑來，大聲斥責著他：「我給你方便，你卻給我找麻煩！要是長官怪罪下來，你明天就不用帶小孩來上班了！」

父親不斷地哈腰陪不是，可是主管還是氣呼呼地罵個不停。父親幾乎要跪了下來，說：「請您行行好、幫幫忙，如果不能帶孩子來上班，我不知道該怎麼辦！」

主管揮著手，頭也不回的邊走邊說：「就這一次，沒有下回！」下班，是我最開心的時刻。因為下班後可以找鄰居的小朋友玩，就算他們要我做什麼，我都願意。睡覺前最開心的事，就是父親幫我洗澡，坐在澡盆裡玩著小鴨子，父親幫我搓背、搓腳丫，每次我都會高興地說：「好舒服喲！好舒服喲！」

洗完澡，父親總會說：「洗乾淨好睡覺、好上班。」我則會說：「我喜歡洗澡，不喜歡上班！」父親只是笑笑地沒答腔。

我抱著父親，將他緩緩地放進浴缸，幫他搓背、搓腳丫，就像當年父親幫我一樣。講著只有我們兩個人才知道的上班故事，不管講了多少遍，他都聽得津津有味，也總是笑著沒答腔。

「好舒服喲！」父親輕輕地說，就像我小時候一樣！

杜關東

念念慈父杜教官

杜柏章老先生（前排中）的仁者之風，在家族中代代相傳。

杜關東，生性豁達和順，豪邁奔馳，遍歷軍公教生涯達半世紀之久，及老，得良師益友觸發吟風弄月愛上層樓之基因，夢裡看劍，欲說還休，真是天涼好個秋。

「清明時節雨紛紛，路上行人欲斷魂」這是在小學暑假時，父親難得從外島回家，特別叫我背誦的一首唐詩。滿臉威嚴的父親，讓幼小的我正襟危坐和著蟬聲一字一字唸著，父親一句一句解釋，雖然很清楚，但是我哪裡能體會「行人欲斷魂」的椎心之痛啊！

今年是我父親往生後的第一個清明節，我終於了解行人的痛，真的不是一般哪裡是斷魂，簡直是要了老命，「念我先君，其艱其勤，生我劬勞，至于成人」說得太貼切了，「匪莪伊蒿」這個比喻更是刺痛我的雙眼！

去年冬，家父因為區區感冒，竟然住進加護病房；今年開春，他的醫生，也就是我的兒子，告訴我說：「爺爺不行啦！」我含著眼淚和弟弟把父親送回家，一路上我們兄弟倆哭著，到家後父親在子孫的陪伴下，安詳地壽終正寢，耆壽一百零一歲。

我在淚眼中看見父親慈祥的臉孔，還以為他是睡著了，但持續的誦經聲、子孫的跪拜，讓我這個七十二歲的老孩兒手足無措，「無父何怙？出則銜恤，入則靡至」實在讓我椎心泣血，痛心不已。

父親出生於陝西省臨潼縣杜家村，雖自幼喪母，但聰慧好學。常聽家母提起，父親在田間協助農事，割麥、除草樣樣都做；中午時分，大家休息聊天，他卻倚著大樹認真讀書，眾人對他的好學不倦均稱奇讚歎。

父親從小立志當老師，後來進入師範就讀。不料，日本侵華，戰火快要燒到大西北，全國抗日風起雲湧，父親投考陸軍官校十六期，隨著軍隊轉戰大江南北，一度帶著一班兄弟在山區突擊日軍，績效非凡，連日軍軍部都怕我父親，這可是有史為證的。因為身先士卒，以致右臂中槍負傷，當時立即送往美軍醫院，才保住手臂。

政府遷台後，當時正是十年生聚十年教訓的時候，軍隊演訓非常頻繁，父親參與多項重大演習，公而忘私，以軍為家。有一天，鄰居拿著報紙說：「你爸爸上報了！」那是一張好帥氣的照片，我依稀記得父親一身戎裝，站在鐵軌旁邊，傘兵由天而降，英姿颯爽。父親在軍中用血汗贏得了十多枚勳章，正是所謂的官微勳重，幾乎成為軍中傳奇人物。

後因家累，他申請轉調中原理工學院（後改制中原大學），任軍訓教官一圓教師夢。父親常默默替清寒學生墊交學雜費用，當時的中原院長謝明山先生（謝校長後來因辦學有成，被任命為教育部政務次長）知道後，說：「此事應該由學校來做，不應由杜伯章教官一人承擔。」所以我父親從教官退伍後，中原大學立即聘他為訓導處專任祕書，參與訓導與擴校工作，表現優異，深獲長官器重；後調任中原大學夜間部訓導主任，對學生照顧有加，到現在我們還會陸續聽到老學生稱讚感念的話語，心中實在高興與佩服。

父親是平凡的偉人，他從不誇耀自己的功勞，他得到的勳章是小曾孫們躲在衣櫃中玩耍才發現的；爸爸的愛心從來用不完，當年不論多窮，總是想辦法幫助學生完成註冊；他嚴於律己，讀書一定寫筆記，字體之工整令人歎為觀止；他親力親為，帶領我們五個子女讀書不忘健身、娛樂，用一生的言行給兒孫們做了最好的示範。

愷悌君子的父親，教導我們勿伐善、勿施勞，留下重孝悌、仁者愛人的家風和高尚品德。親愛的爸爸，願您一路走好，您的精神將在家族中代代相傳。

林月慎

卯時相會

林月慎感謝母親的養育，故為文紀念。

林月慎，1952生於新北市萬里區。中醫師特考及格，廣州中醫藥大學碩士。曾任基隆市中醫師公會理事長、中醫師全國聯合會理事，生命線理事。現為中醫師、農夫。

天曚曚亮，炊煙起了。妳掏米煮飯、上山砍材、下田種菜、曬穀煮五頓、養豬養鴨。腹中懷一個，背上揹一個，手裡牽一個，後面再跟著兩個，還要與嬸嬸們輪流照顧視盲的阿公。大小事與孩子，都是黏稠糯米，沾上手很難抹淨。妳也不抹，就這樣把一個女子黏做母親。

難得遇上農閒的夏日午後，柔柔陽光透過細長窗條，映在床前泥地上，我和妹妹躺在大廣床，聽妳說歌仔戲陳三五娘、王寶釧苦守寒窯的故事。窗外麻雀細小，竹葉被風吹得沙沙作響，小小年紀也能感受時光靜好。晚間與妳同睡，我把小腳擱在妳的右大腿上，四妹擱左邊，妳背對著我轉向妹妹，「妹妹還小，要讓她。」

巡水是單獨享有妳的機會。隸屬於北基農田水利局的二坪支圳，灌溉庄頭九十公頃的水田，依著土地多寡分配灌溉時間；我家三甲水田，灌溉時間為兩小時三十分，兩天半輪一次，一次在中午，一次在午夜。通常是父親在午夜出去巡視，時間一到，就搬開堵在我家水圳的石塊，把水引到田裡。如果沒有來巡田，水很可能會被有心人截走，於是得要摸黑，搶在時限內將每畝田平均灌溉，耕種要看老天爺臉色，更不能怠慢人間的恩澤。

每當父親到外地洽談生意，午夜巡水就由妳代為接手，夜晚妳不敢獨自出門，常將我從睡夢中叫醒，要我陪著一起外出。清冷的月，三分電力的手電筒，微弱光線從來就照不亮無人的田間小徑，鬼魅隱約其間。看出我不安，妳粗糙龜裂的手緊緊握住我顫抖的小手，趁著巡水機會，難得可以靠近妳，我忘記黑、忘記鬼魅與害怕。

五十歲那年，妳罹患了癌症，開刀後身形日漸消瘦、兩頰凹陷，體力也大不如前。面對疾病和父親急躁脾氣，像一個勇敢的鬥士，妳說，「田螺含水忍過冬，只要忍耐，艱苦總是會過去的。」苦難一個個在妳身邊打漩，直到我也成了母親，才知道這是女性的苦衷，跟母者的不凡。

帕金森氏症使妳雙手震顫，行動緩慢，漸漸失了記憶，產生錯覺，總說有人捏妳大腿，使之烏青；又說有人剪壞妳的呢長褲，棄於床下；還硬指空曠的通鋪上，躺了一個人，不知妳看到的是慈祥的外婆、早夭的女兒，抑或是婚姻的第三者。失去的記憶未必消弭，而以變形的模樣跟記憶沾黏，妳走進自己的迷宮，衰老向妳快速飛奔而來。踩著細小碎步，白天或晚上都愛睏，醒來的時候總是將視線投向遠方，才吃過飯又說肚子餓，要妳吃飯卻說吃飽了。妳找錢、找項鍊、找父親，找去世多年的土狗「庫樂」。

回家為妳過母親節的路上接獲妳嗆到而驟然離世的訊息。進門，大廳旁椅條架高的木板上，妳蓋著薄被，靜靜躺著，了無鼻息。我們不捨，哀哀的哭。當醫生的朋友勸我，沒有受太多治療的痛苦，妳這樣走是最讓人安慰的了。

前幾日回家看妳，二十多年來飽受病魔摧殘，連親生兒女也不認識，那天忽然清楚地叫出我的名字：「阿慎，是妳哦！」我驚喜地回應，正想跟妳多說幾句話，妳卻一翻身發出呼嚕聲。我是妳的一個夢嗎？還是我在做夢？

六姐妹回家一起整理妳的遺物，打開衣櫥，衣物不多。除了內衣，一系列的灰色，從毛衣、外套到長褲，有淺灰、老鼠灰、深灰，都已經是穿舊的了。最顯眼的是一件華麗絲絨旗袍，黑底紅花，平常捨不得穿，只有在喜宴場合時搭配項鍊、耳環，顯得貴氣。上次穿，應該是十多年前娶孫媳婦的時候吧？另有一件簇新的杏黃色毛呢中長大衣，是七十歲生日時，認養的義子所贈，從沒見妳穿過。

抽屜裡，有著用衛生紙層層包裹，再以紅紙袋裝的金髮釵、珍珠耳環與玉鐲。

髮釵是我們姐妹合買送給妳的生日禮物，玉鐲是父親去大陸旅遊買回來的，一看就知道是贗品，但妳很珍惜，逢年過節都戴上。

擇日師選定農曆四月十三日舉行告別儀式。小時候問妳：「阿母，我是幾點出世的？」妳塞一把柴火進大灶，頭也不抬的回說：「厝內無時鐘，腹肚擱痛得欲死，我哪知。」父親告訴我：「雞啼不多久，天光以後，四月十三日卯時。」

一早各房族親及鄰居好友齊聚一堂，要陪妳走人生的最後一段路。卯時，移靈儀式開始，靈柩綑上巨大粗繩，四人合力扶著，緩緩移出住了數十年的家門。心碎腸斷，我跌坐地上。

在司儀帶領下，車隊從鏡湖順著山路往大坪方向緩緩前行，途中經過二坪，老家就在不遠處。倒塌的土角厝，空蕩蕩的只剩幾十公分高的石頭牆，當年擺著紅神桌的大廳、炊煙裊裊的大灶廚房、妳居住過的房間，都不復存在。

四月十三日、卯時，我出生。五十二年後的這天，與妳告別。

來不及對妳說的話，哽在喉間。永遠。

——二〇二一震怡基金會吾愛吾家散文類二獎

林珮如

沒有爸爸的父親節

爸媽來台北，林珮如安排家人到府岸海鮮共度幸福時光。

林珮如，喜歡音樂電影文學藝術，愛搞怪的女子。2017年成立「金屋藏膠」音樂沙龍，2021年成立「聲色Sounds Good」，將珍藏的音響、黑膠唱片等百年瑰寶，傳承給年輕世代經營，透過新舊融合的場域共創未來。

沒有爸爸的父親節，臉書一直溫柔地跳出動態回顧，一切的一切都刻在心裡。

該如何說清我們的父女情呢？我用二句總結：

男人最溫柔的名字是爸爸，

女人最幸福的角色是女兒。

從小，爸總跟媽抱怨：「這個女兒很奇怪，我要載她，就偏不給我載，寧可自己騎摩托車，吹風日曬的，唉！真讓我擔心。」我總是叛逆地跑給爸追，爸一定知道我的心，因為我怕他累著了。

他最常說的一句叮嚀就是「要小心喔」，出國要每天報平安，到家也一定要通知，不然他就擔心到睡不著覺。

回想最後幾年，他每個月定期從台中到台北迪化街看中醫，那是我們父女情緣五十多年來，相聚時光最密集的幾年。爸牽著媽的手在高鐵等我，坐上我的車，他總會從包裡拿出「乖乖」，從小遠足，爸就會買乖乖給我帶在包裡，「要小心，要乖乖喔。」這就是我們愛的通關密語。

我很慶幸老天給了我們這樣的機會相聚，在臉書，我開了「爸媽來台北上班日」的相簿，記錄家人共處的幸福時光，日後我們也只能以這樣的回顧來回憶，用照片來證明這些曾經的美好存在。

爸走前一年，我順了自己的心意，婚後第一次回娘家和家人吃年夜飯，他緊緊抱著我說：「妳能回來，爸爸好高興，真的好高興！」很多事，冥冥中早已註定，但誰知道那是最後一次跟爸過年呢，雖然還是很感謝，我順從了自己心的聲音，爭取了這樣的機會。

爸在家靜養時，我回台中看他。如果天氣好，我就推輪椅帶爸去曬太陽，他說很累不想出門，我說：「爸，您很久沒買乖乖給我吃了耶，我們去全家買乖乖，曬個太陽就回來，好嗎？」

他點了頭，雖疲憊，就是為了滿足女兒的要求。媽媽結了帳，拿了乖乖給他，雖然爸沒力氣了，還是用盡全力抱緊它，就如父親一直以來對妻女無微不至的照料和呵護。

住進安寧病房的那個午後，是我和他最後一次獨處，爸用眼神和唇語跟我對話。

我說：「我最愛您了，您是最棒的爸爸。」

我問：「您也最愛我，有抑無？」

他用力撐開渾濁的雙眼轉向我，隔著氧氣罩，嘟起嘴唇說：「有。」

我聽到了，雖然他已講不出話，但眼神告訴我一切。

那晚我們繞著病床跟爸聊天，說他的糗事，吐他嘈，他聽著聽著，聽得太入神，忘了呼吸，我們趕快提醒他「爸，您又忘記呼吸了啦！」他又輕輕吸了一口。說他是世上最盡責的爸爸，他聽得太欣喜了，又忘了吸氣，我們趕緊提醒他，他又輕輕吸上一口，雖然呼和吸已虛弱如游絲般輕柔，他還是撐著。

我們狂說愛他，輪流親吻爸的額頭，留下愛的唇印，深夜22：58，他停止了呼吸，硬撐著到隔日子時23：00，我們看著他的喉頭動了一下，嚥下了最後一口氣，把所有的一切都留給子孫。

爸走後第二天，就如生前般的貼心，託夢給隔壁庭園的管理員周小姐，她流著淚很興奮衝來靈前抱著我們說：「爺爺用跑的，跑到管理室。」她說爸好了，沒病痛，可以用跑的。我和她緊緊抱在一起，喜極而泣，因為爸爸身體好了，沒病沒痛了。

管理員每天上班前都來上香打卡，連黑貓宅急便的送貨先生都下車來上香，里長每天來，隔壁鄰居每天折蓮花。

「人活著就是要做到讓人懷念。」這就是父親的身教，留給子孫們最好的榜樣。

我們現在的人生，成仙的爸雖不在場參與，但他縮小成相片，鑲在我們心中，當想念與記憶合而為一的時候，往事如煙，卻，如影隨行。

施雯彣

黑膠・荔枝・阿里山

讀初中的施雯彣（左）和小跟班妹妹施次雯。

施雯彣，退休國中教師，無憂童年養成純真、溫順個性，凡事樂觀、好奇，樂於學習。

日前參加了一場溫馨的黑膠唱片聚會，百歲高齡的留聲機，在女主人珮如輕輕轉動下，喚出有溫度的聲音，瞬間讓我回到民國五〇年代的童年。

爸爸帶著媽媽、我和弟妹到南投縣魚池鄉的中學教書時，我才五歲。他和新認識的同事施伯伯，一來因同姓，二來兩人都是從浙江來到台灣，親上加親，雖然年紀相差二十來歲，卻馬上結為莫逆之交，情同手足。九歲那年，爸爸調職苗栗竹南中學，施伯伯也調至南投中學，當時要從南投到竹南，必須坐客運到台中再轉乘火車，非常不方便，但施伯伯仍不時會抽空前來探望我們。

剛搬到竹南，一家六口人擠在學校暫時分配、十坪不到的宿舍裡，爸爸一人教書的薪水當然是入不敷出，得靠媽媽日夜幫人做裁縫貼補，才勉強讓我和弟妹衣食無虞。雖然平時我們的零食只有媽媽手作的炸麻花，但我們有耶誕老公公——施伯伯，只要他一出現，就會有一大盒甜甜的、可嚼食又可吹大泡泡的「白雪公主泡泡糖」，或是珍貴的水果。

有一次，施伯伯帶來一大把像是龍眼的水果，外皮不同，個頭比較大，果肉更飽滿，爸爸說：「這是台灣才剛剛引進種植的荔枝，是有錢人家才吃得起的水果唷！」我和弟妹一人分到三顆，最多五顆。我小心翼翼剝下最外層帶刺的粗糙外皮，留下內層的白色薄膜保護剔透的果實，等到它變成褐色如蟬翼時再輕輕撕下，一小口一小口享受那多汁的果肉。

十一歲那年暑假，施伯伯特地來竹南帶我和大妹到南投玩。鮮少出門旅遊的姐妹倆，穿上媽媽買的新皮鞋，跟著施伯伯搭乘速度很快的「觀光號」火車，車上不但有冷氣吹、有報紙看，還有觀光號小姐送水、送毛巾，這實在是太高級的享受了！不必急著上車搶位置，不必蜷縮身子躲避查票員，這是我生平第一次，可以昂首闊步拿著屬於自己的車票，坐在自己的位置，大方欣賞窗外的風光。

到了施伯伯家，我和妹妹睡在一間有榻榻米的大房間，牆邊櫃子裡，有好多好多的黑膠唱片。愛唱歌的我們，很快就學會第一首流行歌曲〈中國恰恰〉，接著學唱黃梅調。短短十天假期，我把電影《梁山伯與祝英台》的〈十八相送〉、〈樓台會〉，《江山美人》的〈扮皇帝〉、〈戲鳳〉，唱得滾瓜爛熟，還和妹妹在施伯伯家的榻榻米上又演又唱。書櫃裡成疊的雜誌《南國電影》，更讓我們如獲至寶，收集雜誌裡的印花，去換取李菁、樂蒂、凌波等邵氏女明星的照片。

小學畢業的那年暑假，施伯伯帶著我和大妹還有他的兩個外孫女同遊阿里山，四個年紀相近的女孩，讓旅行變得更有趣味。我們從嘉義平原乘著蒸氣小火車登上兩千多公尺的阿里山，沿途增添衣服，親自感受課本裡提到的四季變化；興奮等著半夜被叫起床，摸黑拿著手電筒上山，屏息專注，一睹祝山的日出。當山峰間「彈跳」出一顆明亮的金黃圓球，瞬間，不絕於耳的歡呼聲隨著金燦燦的陽光灑遍整座山林，那畫面至今難忘。

跟施伯伯的最後一次旅行，是我讀初中一年級的寒假。三天兩夜玩遍東西橫貫公路，還徒步從長春祠走到太魯閣，在那個年代，是多麼難得的旅程啊！

謝謝施伯伯，讓年過花甲的我，可以眉飛色舞地和孫子描述那段有音樂、有旅行，更有愛的童年。

柯昱琪

傷口下的接力賽

有家人的陪伴，是柯昱琪父親最感幸福的時刻。

柯昱琪，1961年生，台北市「愛迪生的家」文理補習班科學主任老師。藉由筆墨將生活中的真善美記錄下來，本意分享卻得到更多。

爸爸今年九十三歲，在台北鰥居二十年。我們六個子女常常被外人問到：現在是誰在照顧他？這個問題不好回答，因為照顧爸爸的不是一、兩個人，而是一個團隊，一群合作無間、隨時準備好接力賽的一家人。

中年時一直為香港腳和灰指甲所苦的爸爸，老年後因為骨質疏鬆行動不便，更不願意穿襪穿鞋，那種不必彎下腰只要動動腳趾套上去的日式夾腳拖就成了他的最愛，即使寒冷的冬天也一樣。但也因為沒有穿鞋的問題，我們很少去注意他的足部，忽略了老人家偶爾會去抓一抓腳踝這個小動作。

月初，大姐夫忽然發現老爸的外踝突骨出現了一個一元硬幣大小的傷口，外型有點像似火山上常有的火口湖，周圍紅腫凸起，中間有一團米白色黏黏的發炎物質。聽爸說，本來是癢，現在開始痛起來了。

爸爸是腎上腺萎縮患者，終生都需要服用類固醇，他的免疫力、抵抗力本來就弱，這種傷口看似小，卻是個不能輕忽的敵人。我們這個團隊立刻動員，早上大姐夫拍照給大家看之後，人在花蓮的三妹立刻上網掛號，當天下午我接手帶爸爸去門診，再把醫囑的傷口處理方式、吃抗生素應注意事項等等轉達給每位家人。

醫師說，傷口已經細菌感染，開始有了俗稱「金包銀」的膿瘍。膿瘍裡包含了細菌、白血球，和皮膚死去的細胞殘骸，很容易造成進一步的發炎。因老爸曾經有拒絕抗生素的「前科」，牙醫弟媳晚上和弟弟一同趕來，用老人家相信的專業知識，和唯一兒子的「威嚇」，叮囑他一定要按時服用。

接下來一天兩次的消毒與上藥，雖然不是大問題，但是同住的老四因工作關係早出晚歸，時間不好配合。好在每周我們其他人都有各自跟老爸「約會」的時間，只要提早一點到家，幫他處理傷口再帶他出門；晚上則是等老爸洗完澡，住在附近的我或老四下班時回去幫他換藥。就這樣，一周七天十四次傷口處理的班表完成。

一周、兩周過去，傷口復原很慢，雖然知道是爸爸的年紀和慢性病的緣故，但還是有人開始擔心，甚至懷疑自己負責的時候是不是沒處理乾淨，不過都立刻被後面接手的家人安撫與肯定：「沒有惡化，只是比較慢收口」、「你好厲害，紗布沒有沾黏耶」、「爸爸說你換藥一點都不會痛喔」……這樣的對話在群組間幾乎天天上演，不只是給家人鼓勵，也是給自己打氣。

第三周，再次前往門診看傷口，醫師輕鬆地對爸爸說：「傷口復原情形良好，可以不必擔心了。」我立刻轉發這個消息，並將不必再包起來的傷處拍照給大家看。

這場接力賽總算即將抵達終點，每一位參與的家人可以安下心來喘口氣，套一句爸爸常掛在嘴邊的話：「我真的是好幸福。」是啊，有這樣齊心又默契十足的家人，我們都好有福氣。

張知禮

水墨流金

張知禮很高興能在母親李蕙萍退休後，陪她圓夢。

張知禮，自小喜歡文學，但遵從父願學商從商。退休後參加閱讀寫作協會，在老師們的指導下獲得四次文學獎；更因汪詠黛老師作媒，助獨子喜獲美眷，黃昏暮年得以含飴弄孫，一圓人生夢，滿懷感恩，此生無憾。

白髮皤皤的母親從客廳櫥櫃裡取出好幾大卷尚未裝裱的水墨畫，那是她以前的國畫作品，她要我幫忙整理並挑選幾幅留作紀念。

母親六十三歲那年夏天，奶奶以九十高齡過世，身兼職業婦女的母親得以卸下長年照顧婆婆的擔子；她說我們六姐弟都已成年，父親也將他的退休生活安排的逍遙閒適，現在她想學點自己喜歡的事情，等過兩年退休後能夠有個寄託。母親想學水墨畫：「小時候，我爹練毛筆字時，要我在旁邊幫他磨墨，他怕我無聊，就拿幾張紙頭，讓我跟著學書法，我寫著寫著就開始亂畫，家裡養的花、鳥、魚，還有小貓小狗啊，看到什麼就畫什麼。我爹每次看到我的塗鴉，都誇說這丫頭有天分，將來一定是個大畫家！」

這段童年往事母親已述說過多次，再次追憶時，她仍眼底閃光，嘴角帶笑，讓我彷彿看見半個世紀以前，一個紮著兩條麻花辮子的小女孩，依偎在慈父身旁，望向遙遠的雲天，她有一個美麗願景，正等著用彩筆去細細描繪。

母親在二十一歲時隨夫家從北京避難來到台灣，從此不僅要侍奉公婆、教養六個兒女，後來還外出工作以改善家計。數十載光陰匆匆流逝，母親夢中的彩圖雖在柴米油鹽和牘案勞形中一點一點褪色，然而她在為家人裁衣裳、織毛衣及做棉被套、繡桌巾等活計裡，用心設計花樣，展現創意，每件成品都獨具美感。母親摘下雲端的彩虹在日常生活裡鋪陳渲染，她從未放棄童年的夢想。

辦完奶奶的喪事，母親要我打聽到哪裡學畫比較方便，更希望能有個伴陪她一起學習。身為長女，我格外了解母親熱切渴盼的心情，不禁脫口而出：「我陪妳！」卻又掩不住心虛：「媽，我只會亂畫。記得不，以前我的美勞作業全靠妳幫忙才能交差的。」母親說：「當然記得，妳上初中的時候，美術老師看妳的作業畫得還不錯，就選妳代表班級參加學校的美術比賽，妳嚇壞了，我只好到學校去跟老師解釋道歉，還好老師沒有計較，另外選了別的同學，妳才逃過一劫。」聊起我昔日的糗事，母女倆笑成一團，我抹抹眼角，決心要陪母親圓夢：「好吧，人家是陪公子讀書，我就陪太后學畫吧。」

經過多方打聽，我得知位於館前路的中國青年服務社有水墨畫教學課程；母親的辦公室就在附近，周六中午下班後步行十分鐘就可到達教室，下課後，她仍可照平時搭5路公車回永和住家；徵得母親同意後，當年暑假過後我們就開始正式上課，第一期的課程即是畫四君子：梅蘭菊竹。

學畫一段時日了，母親按照進度已經在練習畫菊，我的蘭花作業卻還沒有著落。一個禮拜天，我著急的跑回娘家請母親示範蘭花的畫法。我拿著一管毛筆有如舉著一把鋤頭般：「媽，為什麼妳的蘭葉能畫出老師所說的鳳眼，我畫的不是雞眼就是龍眼！」

「畫畫不能著急，先把心放安靜。來，我用宣紙畫一次給妳看。」

母親將我倆習畫的一疊報紙推到餐桌角落，再把一張宣紙展開鋪平在國畫專用的黑色墊布上，左手輕按宣紙邊緣，右手拿毛筆沾上墨汁及清水調勻後，從宣紙左下往右上畫出一條細長弧狀蘭葉，墨色較濃。第二筆從第一片蘭葉根部左側向上畫，再徐徐轉左下呈倒U形收尾，這一片葉子最長，墨色由濃漸淡。第三筆在前兩二片葉子根部的中央斜向更左再畫一小片蘭葉，由細轉粗再轉成葉尖收筆，這一小片葉子墨色最淡，因為它的根部是穿過第二片葉子下方交叉而過，因此形成一個美麗的鳳眼。母親微笑地望著我：「這三筆是基本功，妳先練熟三筆一氣呵成，再添幾片葉子，最後加幾朵小花就是一幅小品素心蘭了。」

我蹙眉搖頭：「知易行難啊！」

「別皺眉頭，好好的鳳眼變成三角眼了！」母親靈機一動似的說：「幾個女兒只有妳的眼睛長得像我，來，妳當成是畫媽媽的眼睛試試。」年過六十的母親仍有一雙好看的鳳眼，望著她鼓勵的眼神，默想她剛才安靜專注的姿態，我屏氣凝神再試畫三筆。

「成功了，有漂亮的鳳眼了！」我像個孩子般興奮地雀躍起來。

這大概是我懂事以來首次肯定「鳳眼」的美麗。少女時，我曾向母親抱怨，為什麼弟妹們都像父親是大眼睛、雙眼皮，偏我這大姐生就一雙單眼皮？

母親說：「單眼皮有什麼不好？我們是古典美人丹鳳眼，中間圓，眼尾翹，有人還要把眼尾用眼線筆往上描呢。」

「可我還是要畫雙眼皮的眼線好不好！」愛美的我猶自不滿意嘀咕著。當時沒能體會出母親是在安慰我，真是年輕不懂事。

母親說：「妳回家以後照著這樣畫，就可以交功課了。」「好的，禮拜六見，這次上哪家館子呢？」我愉快地捲起畫稿步出娘家，口裡哼著小曲：「我從山中來，帶著蘭花草，種在小園中，希望花開早……」

啊！一晃眼都是二十年前的事了。那兩年，每周六中午下班後，我先與母親碰頭，一起吃頓午飯再攜手去上課。我倆一邊吃飯一邊閒話家常，肚腹飽足之餘，一周的疲憊也得到抒解，因此每個周末上班時，想到與母親的午餐約會，我就會在內心輕唱起來；然而想到畫作作業還沒有完成，又要交白卷時，不由得暗自慚愧。老師是位溫文儒雅約莫七十出頭的老先生，他經常為我打氣：「畫得好比畫得快要緊，下禮拜再交沒關係，媽媽倒是很勤快又畫得不錯哦。」母親聽了很開心，還不忘為年逾不惑的我說話：「她們年輕人事情多，時間不夠用。」老師語帶讚許的說：「我從學校退休以後教畫這麼些年，還是第一次看到母女檔來學畫，而且感情像好朋友一樣，真教人羨慕。」同學中有與母親差不多歲數的媽媽也頻頻頷首，母親只含蓄微笑，然我知曉她內心的那分欣慰。

母親退休以後，改到永和區國父紀念館的長青班繼續學畫，我也結束了兩年的「陪畫任務」。雖然學畫成績不佳，受了母親的影響，開始對藝術產生濃厚的興趣，因此，每周六我便到歷史博物館去擔任志工，藉以親近及學習藝術文物。

不需再為習畫作業傷腦筋，雖然鬆了一口氣卻有著莫名的悵然，這段母女倆每周的共學時光，是我婚後與母親難得獨處的親密時刻啊！

母親的水墨畫從最初只有墨分五彩的單色小品，逐步邁入大幅的彩墨畫作。大張的宣紙上掛著成串的紫藤，蝴蝶在其中翩躚飛舞，還有暗香疏影的老梅、悠遊在水草裡的錦鯉、富麗吉祥的牡丹……後來更發展到山水風景，在在蘊含著母親十多年成長的筆痕墨跡，不僅贏得大家的讚歎，更令人感動的是她那份為了圓夢而堅持的學習精神，及向自我挑戰的毅力。

歲月不饒人，母親終究因連續兩年置換人工膝關節而停止了學畫，彼時她已接近八十高齡，畫作也積累成堆。雖因行動不便無法持續學畫略感沮喪，樂觀的母親倒自我寬慰說正可趁空整理畫作，去蕪存菁，經過篩選留下來的就給孩子當作紀念。購置新屋的大妹、裝修舊居的小弟及在國外的三妹，陸續挑選他們中意的畫作帶回家布置。我看著他們歡喜選畫的模樣，有一份難言的欣悅與感傷，我跟母親說不急著挑，我要等她再次提筆的新作。

我將紙卷一一緩緩展開，一張層巒疊嶂的山水畫，半山腰有一株點點紅花怒放的小樹，彷彿是母親攀越重重高山站在那裡，微笑地俯視她曾經努力行走過的蜿蜒小徑；如今，我也是花甲之年，我要陪著母親在人生旅途繼續欣賞沿路靜美的風景。

「怎麼不選畫在發獃？」母親的聲音打斷我的的思緒。冬至剛過，北台灣難得的午後冬陽從陽台斜斜灑入客廳，展開的畫紙鋪上一層淡淡金光，讓我的雙眼有點模糊。母親，我在咀嚼與妳共度的那段私密時光，那美好的金色回憶已足夠我回味一輩子了……。

——二〇一五年第五屆新北市文學獎黃金組佳作獎

張翠嫵

爸爸的愛之味

雙親辭世後，張翠嫵與弟弟共創事業，彼此的家庭更為緊密。

張翠嫵，愛好自然田園，寄情書法、攝影、旅行。專職財務、稅務工作，與弟弟共同設立工廠，協助廠內事務。遺傳自父母喜結善緣、樂當義工的性格，在閱讀寫作協會結交善知識。

早上抵達公司之際，最開心的是看到爸爸棗紅色老爺車出現在工廠停車場。裡面塞滿新鮮青菜、水果，以及天未亮就去挖的綠竹筍。今天中午，大家可以加菜囉！

自從跟弟弟一起開工廠後，回老家的時間變少，換成爸爸三不五時到工廠來看我們。老人家除了帶來自己種的蔬菜水果，還怕我們營養不均衡，常常椅子都沒坐熱，又趕著到傳統市場添購食材，親自下廚。午餐桌上，爸爸顧不得自己好好吃一頓飯，總是一邊往我與弟弟碗裡夾好料，一邊叨唸著：「多吃點，機器也要加油才能運轉，看你姐弟倆瘦巴巴的。」

爸爸的種植，不施化肥，不灑農藥，不但蟲兒喜愛，也常遭小偷光顧。有次回家過端午節，爸爸提著籃子要去採收應節的茄子與菜豆，不一會兒卻見他空手回來。大家一臉狐疑，爸爸口氣平穩，緩緩地說：「菜園裡有人正在摘我們的豆子，我等那人走了再去，他才不會不好意思。」

就讀國中的姪兒要去追趕小偷，卻被我們制止了，孩子們還不懂阿公的慷慨，可我跟弟弟妹妹都早已習慣了。至今我還記得，童年時，爸媽趕在颱風前採收了數十個大冬瓜，放在菜園倉庫，未料，一夜之間全都不見了！我和弟弟氣得要報警，說一定是貪心的生意人認定颱風菜價高漲，可以賣個好價錢，趁著夜黑風高來偷走，爸爸卻說：「算了，會這樣做的，也是辛苦人啦！」

清明節到端午節之間是桂竹筍盛產季，我家的竹林正好緊鄰馬路邊，爸爸經常看著自己的竹筍落入別人的袋子裡，但他只把自己當路人甲，視若無睹。曾有個壯碩的小偷，將整園竹筍採個精光，爸爸忍不住趨前問道：「請問，這是你家的竹林嗎？」偷兒想也沒想就回答：「是我親戚的。」爸爸挺幽默，不動聲色回問：「我怎麼不知道有你這位親戚？」他一聽，立刻丟下整袋竹筍，三十六計溜為上策。

母親往生後，爸爸一人獨居老家。有一次很慎重地打電話給我、弟弟和妹妹，說他星期天特別準備我們愛吃的滷味與美食，要我們回家。那天，大夥不但吃得滿足，還外加打包，等我回到家洗完澡準備睡覺，才驚覺：啊，今天是爸爸的生日！

他精心準備了豐盛的生日餐，歡喜忙碌了一整天，沒有生日禮物、沒有生日蛋糕、沒有人為他唱生日歌，卻沒有半點失落，我簡直慚愧到無地自容。等不及天明，顧不得是否吵到爸爸，我給他打通電話，送上一句：「爸，生日快樂！」

這些年，爸爸身體還算健朗，我跟弟弟的事業也步入軌道，老人家正可安養天年之際，卻被檢查出罹患小細胞肺癌第三期。爸爸勤奮勞動慣了，生病期間仍持續種植當季蔬菜水果，化療過程也一切順利，醫生說成效比預期好；沒想到，病情卻在最後階段急轉直下，不待他親手摘下成熟的瓜果就與世長辭，空留遺憾在枝頭。

爸爸走後，我們沒讓農地荒廢，有空就回去清理，也提供有興趣的親朋好友一起耕作與休閒，這處開心農場如過去一般生機旺盛，家園熱鬧如昔。我們依照爸爸過去的習慣，在相同的時序種植相同的蔬果，我也偶爾學做爸爸拿手的滷味給弟弟妹妹們解饞，雖然沒能完全掌握精髓，卻得到弟弟妹妹滿口誇讚：「有爸爸的味道喔！」

後記：爸爸愛的滋味，除了拿手佳餚，更多的是慈愛的身教與言教。

陳綠萍

看海的日子

自幼在海邊成長，海是陳綠萍家族賴以為生的資糧，也是撫慰她心靈的殿堂。

陳綠萍，自幼喜歡閱讀寫作，閱讀讓她生活內涵豐富寬廣，寫作讓她生命的底蘊有更多省思覺察。退休後參加閱讀寫作協會，是銀髮歲月的最佳選擇。

近日和家人乘坐郵輪去日本旅行，當一萬四千噸的郵輪從基隆港口緩緩航向大海，我仰望長空一群群飛鳥翱翔，俯首碧波繾綣糾纏，這熟悉的港灣海景，彷彿帶著我回到年少住在基隆那段看海的日子。

小學時，家在基隆三沙灣，每逢父親漁船出海，我和媽媽都會站在航道經過的山岩旁，目送父親出航。我總是揮手大喊：「阿爸——平安，順風，滿載喔！」父親看到我倆，就用長長的鳴笛回應。經過月餘，父親返港，我和媽媽再到岩岬上迎接。如此溫馨接送情，是我家傳遞愛的祕密。

父親出海工作，家裡冷冷清清，只留我和母親相依為命。想念父親的時候，母親牽著我的小手到海濱散步、觀察天象；若是晴空萬里，海面風平浪靜，母親輕鬆哼著歌，陪我堆沙撿貝殼，坐看潮起潮落，念數父親歸期；若是遠看天際烏雲密布，海濤洶湧，我們會合十祈求天公、諸佛、海神，庇佑父親平安歸來。

爸爸回家，媽媽總是忙著準備飯菜，蒸、煮、炒、炸食物。我也人來瘋似地跑雜貨店買菸、備酒，家裡像過年，高朋滿座，喧鬧歡笑。

每當漁船公司送魚貨、海鮮來家裡，我負責清洗、存放在大冰箱，儲備父親不在家時的食糧。逢年過節，我坐上三輪車，到父母親好友、親戚家，贈送海鮮，分享父親漁獲豐收的喜樂。

剛升上小學六年級的夏天，母親病倒了。父親出海不在家，我承擔所有的家務，照護母親。在她精神好的黃昏，我陪她到海灣散步，遙向海鷗寄語，祈求海浪傳遞我們的思念。

每天上學我總是提早出門，往學校必經的海灣鵠立良久，向蒼穹與海水，喃喃訴說焦慮，合十閉眼默默懇求上蒼，保佑爸爸平安、媽媽早日恢復健康……。

海邊還是不停地一浪推一浪，不停歇的潮水默默接聽我的心聲，似乎回應我「天海之間，時有陽光溫暖，時有陰雨寒涼，惟有面對接受，總會雨過天晴。」

母親病情日漸沉重，輾轉於各大醫院求診，我心急如焚，上學前先到海灣靜思冥想，無助地看波濤動盪，聽著海浪喧嘩，心想：我若是一隻貝殼，可以逃避煩惱可有多好？我如能像小海蟹一般，挖一個沙洞鑽進去，無視災難臨身，可有多好？

初中二年級的農曆新年，母親敵不過病魔摧殘，離開人間。我獨自面對失恃的哀傷，只能到海邊看著潮起潮落，目送漁船出海、回航，有時大海起霧了，幾艘漁船隱約駛回港灣，幻想若是爸爸回家，那可有多好。

倏忽已過六十年，現在我安穩地坐在郵輪，和先生、子女同享浪漫之旅，但只要有稍大一點的風浪起伏，船艙晃蕩，我就開始坐立不穩，心慌難安。真不敢想像當年父親在海上工作，是如何度過大風大浪的侵襲？年幼時的我只知道阿爸出海打魚，賺錢富裕家用，不知父親所賺回來的錢，都是搏命換來的血汗啊！

大海提供我生活重要的資糧，也是我年少心靈困頓的驛站，它陪伴我體驗世間喜怒哀樂，讓我學習面對堅強，勇於承擔；就像阿爸這樣的「討海人」，因為接受風雨考驗，才能有更多機會迎接陽光。

馮婂慧

顧稻小天使

馮父百歲仙逝後，馮婂慧（右）拜訪農試所長輩許東暉先生（左）。

馮婂慧，退休中學教師，喜與人分享神的大愛。1960年起，十年寒暑假均在台灣省農業試驗所工讀，受惠於唯一與馮父共事研究及收集世界四、五千種稻種的許東暉先生，故有此文，並陪同文史工作者陳盈瑛，赴農試所舊址蟾蜍山做田調。

我們一家都愛米食，應該跟爸爸的職業有關。

爸爸馮朝程是台灣省農業試驗所稻種研究室的技師，在所裡研究稻種、示範種植，還要出差到他負責的嘉南地區勘查水稻。他去過非洲、菲律賓、宏都拉斯指導栽種稻穀，多次獲獎；我在台北就讀龍安國小時，老師要我們帶特殊東西到班上分享，爸爸就給我十管不同顏色形狀的稻米，送給學校珍藏。

台北濕氣重，他退休後回到台南定居。爸爸的家鄉在下營鄉，媽媽在麻豆鎮；年輕時，同年齡的兩人是麻豆鎮公所的同事，下班後常約去吃炒米粉配豬血湯，譜出一段辦公室戀情。一年後，外公意外過世，爸爸在外婆面前跪著發誓讓媽媽幸福，他們在百日內完婚，從此媽媽不時為爸爸炒米粉，這一道米食也成為我們四姐弟最愛吃的傳家菜。

母親仙逝多年，我也退休了，每次回台南探望父親，陪爸爸去慶中街小店吃炒米粉配豬血湯。他總是說：「這米粉真像媽媽炒的。」

受日本教育的爸媽也喜歡吃壽司，假日經常帶著我們四個孩子一起用小竹簾做海苔壽司。天晴時，我們帶著壽司到住家附近公園野餐，下雨則在家翻轉小木椅玩火車遊戲，吃壽司當旅行。學校遠足，媽媽做出多種口味的壽司，裝在三層漆器內用布巾包著，讓我們帶去和老師同學分享。

爸爸九十歲時，我們為他祝壽，四代同堂歡聚，爸爸開心地一面吃著他最愛的炙燒握壽司，一面憶往：「那些年，我們住在台北市永康街的農試所宿舍，吃過年夜飯，天氣冷颼颼，街道冷清清，偶爾遠處傳來幾聲微弱沖天炮聲，我拿著手電筒，帶你們去稻種研究室為試管中的種子換水催芽、傳宗接代。」

當時瑠公圳未加蓋，聽得見潺潺流水和魚蝦跳躍聲；我和弟妹跟隨在手牽手的爸媽後面，經過龍安國小，唱著學校教的歌曲，穿越月光下的台大校園，步行到位於公館蟾蜍山北側山腳下的稻種研究室。

爸爸端起味噌湯，欣慰地說：「一粒種子，就可收成千餘粒的稻穀。那時你們這幾個小蘿蔔頭幫忙稻種洗澡，都是『顧稻小天使』，對台灣米小有貢獻喔！」

黃金華

我愛看月亮

忙碌的職業婦女黃金華，最期待假日和先生帶孩子，到住家附近的台中市北屯區四張犁國小盪秋千。

黃金華，嘉義市人，開設政府立案縫紉補習班二十餘年。喜歡爬山、二胡，更愛閱讀。好友介紹參加閱讀寫作協會，七十歲正式動筆寫作，偶而刊登上報，備感充實喜悅。

動完白內障手術，眼睛看東西清楚許多，欣喜地拿著草蓆帶一件薄毯，到住家頂樓陽台看月亮。這是我兒時至今養成的習慣。

記得八、九歲時的一個夏夜，家裡沒有電風扇，紙扇子愈搧愈熱，我又悶又睏哭鬧著。母親被我哭得煩了，指著停放在自家門口埕父親那輛載貨的拖板車，大聲說：「去睏車頂啦！」

母親將蚊帳掛上板車四根柱子，我抱起草蓆雀躍地爬上拖板車，從此我夏天有了最舒適的「戶外眠床」。

夜幕降臨，我鋪好草蓆，藉著皎潔的月光，拿起國語課本背書，累了就躺下休息，仰望天空數星星；月圓時，努力尋覓奔月的嫦娥、砍樹的吳剛、搗藥的玉兔，但始終都是硬撐著眼皮，還沒找到就沉沉睡著。

最期盼中秋節的到來，母親白天會準備各式各樣月餅和柚子，等到晚上月亮升空，爸媽帶著我們在門口拜月娘保佑全家平安，並慎重叮囑：「不可用手指月亮否則被割耳朵喔！」後來才知道這是老一輩的人，對天文知識不足加上敬畏天神，才這樣嚇小孩。

十八歲獨自一人從嘉義到北部學手藝，每晚想念家鄉親人、友人，都會對著窗外的月亮，哼著陳芬蘭那首〈月兒像檸檬〉：月兒像檸檬，淡淡地掛天空……。輕聲一遍遍重複唱，化解了我思鄉的愁緒。

婚後，外子和我手牽手在月光下散步，走累了，坐在社區小公園的大樹下椅子談心。月光穿越樹葉，明暗不定的碎葉影子灑落一地，眯著眼睛任微風陣陣吹過臉龐，恬靜舒暢。

任軍職的外子，帶著我跟著部隊移防搬過幾次家，每到新的住處安定後，他總是先找附近的公園或運動場，為的是可以陪我散步賞月。當我們陸續有了兩個小壯丁，家搬進公寓大樓，沒有足夠空間讓小孩跑跑跳跳，只要不下雨，我們都會在傍晚帶孩子到公園玩捉迷藏、踩影子的遊戲練練腳力，玩累了我再牽著大兒子他抱小的，一家四人踏著月光回家。

孩子成家立業後，我們選擇在三重定居幫忙支援照顧孫兒，晚飯後，倆老一起去三重綜合運動場散步，走累了，就坐在司令台階歇腳看月亮。

一年多前外子罹病走了，留下我一人散步。走在熟悉的步道，同樣的月色，深深的相思，不知在另一個世界的他是否也在看月亮？

住家的兩面都有窗，晚上七、八點月光照進廚房，流理台亮得像一面鏡子，我常愣住呆看良久不忍擦拭。深夜冉冉上升的月兒漸漸移到我的床前，關掉電燈欣賞窗外靜美的皎月由盈到缺，又由缺到盈。有時陣陣風兒吹動烏雲擋住月光，過一會兒月娘又不急不徐地緩緩從雲裡出來，彷彿在跟我明示時間會沖淡一切的。

月娘請幫我捎話給他，好嗎？我現在過得很好，偶而會和朋友去郊外走走，平時練習寫作、練練二胡，生活很充實；住在對面的兒子每天下班一定過來，假日兒媳和孫子也都過來熱鬧熱鬧，請放心。沒有你的日子，我仍然喜歡在月圓之夜繼續與月娘約會，趁眼睛還清楚可見……

黃珠芬

與阿公相遇

一張全家福老照片，蘊藏滿滿的故事。後排右三是黃珠芬的父親，前排右一是阿公。

黃珠芬，學生時代最怕上作文課，僑居歐洲二十多年返台，存在腦中的異國生活、台灣的家族回憶，忽然在60歲後源源湧出，在老師指導下，文章一一出現在報刊上。跟隨一枝筆，與眾多作家一路同行，人生至樂。

阿公英年早逝，我和兄姐們都沒見過他，父親也很少提到他，小時候偶而從阿嬤口中，知道他是位漢學老師，日治時代在桃園的南崁公校教書。於我，阿公是老照片裡那位略顯嚴肅的中年人。你可相信，百年後祖孫能相逢？

我在台北出生長大，跟桃園幾乎斷了線。但奇妙的因緣讓大哥在旅居美國三十年後返台，選在南崁定居，而我飄遊歐洲多年回來也住在南崁。當我母親第一次去到大哥家時，從陽台指著對面的南崁國小，驚訝地說：「你阿公以前就在那裡教書，你爸爸在旁邊的小土地公廟出生的呀！」

每次路經南崁國小，總有個念頭想去追尋那從未謀面的阿公的蛛絲馬跡，但年復一年總是拖宕。第十年，我終於請託熟識的國小張老師幫忙，她爽快答應。

不久，張老師打電話來說：「我正在校史室，但不知從何找起……」我心裡有幾分抱歉，一百多年前的東西，只憑一個名字，中間經過戰亂、改朝換代，不知還存檔否，甚至要找什麼我也不知道。也許，算了吧，太麻煩人家了。誰知過了十幾分鐘，她又打來，這次口氣興奮：「看到了耶！妳要不要來？」我立刻放下手中的事，衝到學校去。

校史室有一本裝訂整齊的冊子，標示著「履歷」。翻到第二篇就看到我阿公工整娟美的書法，用漢文寫下自己的學經歷，經過一百一十二年，紙張完整，墨水猶黑，字跡清晰。

與阿公在此相遇，太神奇了！

阿公在明治四十二年（西元一九〇九年）二十五歲時，寫下這份履歷。裡面講述他小時候曾在私塾從叔父習漢文，後來在桃園廳地方學事講習會取得國語、算術教授法證書，爾後獲臺灣教育廳講習會授予的國語、修身、數學、漢文、體操、歌唱等修業證明，進入三角湧（今三峽）公學校工作，月俸十一圓。明治四十一年轉到南崁公學校，曾參加桃園廳學事講習會獲得國語、教育、理科、體操等的修業證明。其中多次獲獎金賞與。寫到大正元年（西元一九一二年）止，最後月俸十六圓。

原來當時的老師也要取得多項證照，那麼阿公除了教漢文或許也兼教數學、音樂吧。工作五年，薪水從十一圓增加到十六圓，幅度還不小。捧著這份珍貴的文件，回想起小時候阿嬤點滴告訴我有關阿公的一些往事。

日治時代，教漢文畢竟不是顯學。一九三七年日本入侵中國後，逐步在已殖民四十二年的台灣推行皇民化政策，一九四〇年起更要求台灣人改日本姓，也不准再學漢文。我家到一九四四年，不得已才把「黃」字藏在裡頭，改姓廣田。阿公的教學則早幾年已轉入地下，到處躲藏著傳授漢學，收入銳減，生活壓力大，苦悶時會打老婆。

日本剛入台時為便於統治，放任台灣人抽鴉片，此時也嚴厲禁菸。失業染菸的阿公還曾被送去戒勒所矯正。有時阿嬤差遣父親到親戚家賒米，父親深以為恥。身為獨子的他十六歲就離開學校，工作養一大家子。不知是否這些原因，我很少聽到父親談他自己的爸爸。

今年清明節掃墓，我把存放在手機裡拍照下來的履歷打開，在阿公的塔位前默默地告訴他：「我們雖然無緣見面，但冥冥中您的履歷牽起跨越百年的祖孫情。如今黃家子孫綿延，安居樂業，我感謝您。」

楊艷萍

在湖南吃回憶

楊艷萍的父親隨軍隊來台逾半世紀，帶著老伴回湖南老家探親兩次。

楊艷萍，曾任職《時報周刊》、《中國時報》文化中心、時報國際廣告、老夫子哈媒體有限公司。現在是一個勤奮的家庭主婦，喜歡畫插畫、四處旅行、編輯書籍。插圖作品散見各報紙雜誌。

二〇一九年八月，我隨《大陸尋奇》外景工作機會，第一次回到父親的故鄉湖南，儘管他過世多年，我彷彿仍處處聽見他的聲音。

漫步在長沙街頭，憑弔太平街上賈誼的故居，這位年輕有為的帥男當年曾撰寫許多書籍，多次提出改革國家的方略。我對賈誼不熟，只能參觀保存完整的老井石床；想起求學經常摸魚不認真，老爸會要我跪在客廳反省，一邊說他曾祖父的故事：「當年皇帝曾經賜封我高祖父為『顯德將軍』，匾額高掛中廳光耀門楣；可惜，後輩子孫不好好念書求學問，我曾祖父氣得把家裡的書都拿出來堆在四合院廣場上，一邊燒書一邊大哭愧對祖先啊。」

這古老故事老爸不知說了很多次，無非就是期望他的孩子們可以努力學習，將來待他榮歸故鄉，才對得起祖先。

在賈誼琳琅滿目的書櫃裡，我似乎看見老爸殷切期望的身影。

長沙的街頭巷尾，許多挑著擔子叫賣蓮藕、蓮蓬的小販，冰鎮的蓮藕生吃，爽脆令人驚豔；小販還請我生吃直接剝了皮的蓮子，味道甜美，消暑去火，一點都不覺得蓮心的微苦。

老爸在世時最愛進廚房做菜給家人吃，據說他曾經在我滿月時，獨扛大廚角色，席開五桌，請台灣老婆的長輩親友吃飯。我對湖南菜的印象就是又鹹又辣，總是提醒老爸：「鹽巴太多，蛋好鹹！」老爸回：「再多的鹽，還是淡（蛋）！」

第一次在湖南吃到「扎拉椒炒蛋」，盤中的「扎」菜做法繁複，刀工精細和雞蛋嫩炒，讓人印象深刻；因為老爸幼年時期都跟著他的母親在廚房裡忙進忙出，奶奶總會煎個荷包蛋讓孩子解饞。一直到老爸隨著軍隊到台灣，物換星移，我才明白老爸喜歡在廚房裡想念家鄉的原因了。

鹽油辣重口味的湖南菜，整盤紅咘咘的「剁椒魚頭」，任誰都會愛上辣香的雄魚（湖南稱名），老爸也煮過幾次，可惜老媽不賞臉嫌辣，總是夾一點魚尾巴意思意思。

老爸愛用佐料，蒸、炸、煎各種方法以豐富魚類，他經常尋找紫蘇葉，如獲至寶佐以清蒸大閘蟹，或紅燒紫蘇草魚。特殊迷人的紫蘇香氣濃郁，至今我仍難忘。

他最喜歡說在洞庭湖畔游泳成長的故事，總是得意地說洞庭湖裡的魚，又肥又鮮，他做的「糖醋魚塊」，酥脆迷人，外子愛得很，可惜因做工繁瑣，我始終沒有耐性學會。

倒是長沙滿街都有的「湖南臭豆腐」，黑色豆腐炸得皮酥內嫩，沾著辣椒吃，一點也不臭，讓我驚豔；我的童年夏天回憶裡，老爸總會一根辣椒配一根小黃瓜，左一口右一口當點心吃得開心；而涼拌擂辣椒皮蛋、辣炒臘肉等，都是非常普遍鮮香麻辣的湖南民間菜。

細數道道湖南菜裡都有老爸身影，我吃回憶。

廖玲華

阿祖是綠豆薏仁小星星

廖玲華的母親與小娃兒，眼神的交會勝過千言萬語。

廖玲華，輔仁大學畢業，循規蹈矩讀書，本本分分相夫教女，喜歡輕鬆閱讀人、事、物。

女兒說，昨晚睡前，四歲的兒子樂樂唱著〈小星星〉這首歌時，突然哭了。他說：「我想阿祖，但是看不到阿祖了。」

小樂樂口中的阿祖，是我的母親；女兒一家子每周隨我回娘家探望老人家，是我們的日常，尤其母親臥病那段期間，往返更是頻繁。當阿祖身體愈來愈虛弱，眼皮愈來愈沉重，家人頻頻捕捉她看到曾孫的剎那笑容。那一抹燦爛，彷如遍灑一室的金光，短暫而亙古。

母親的笑容，慣常出現在三十年來我和外子帶著兩個女兒回娘家的時刻；之後，有了女婿、小孫樂樂，隨著人口增加而笑得更燦爛。

從小，女兒一進阿公阿嬤家門，問候語都是：「阿嬤，今天要吃什麼？」溫柔寡言的母親歡歡喜喜和大家打完招呼，就笑著進廚房張羅，笑著端出各式菜餚、甜品，笑著看我們陪阿公抬槓、風殘雲捲掃遍吃食；等大夥兒要離開時，母親更是笑著變出豐盛便當讓我們帶回。

孩子們跟阿嬤聊天的時間雖然少，但千言萬語都化為回家前的擁抱和親親臉頰。當母親從阿嬤當上阿祖，多了曾孫的抱抱、親親，話語依然不多，卻可套一句老歌詞：「心花朵朵開」。

女兒說，昨晚她為小樂樂輕拭淚水，在阿祖的故事中安然入睡：「阿祖最愛樂樂了，她是一直看著我們『一閃一閃亮晶晶、掛在天空放光明』的小星星。阿祖的愛，是我們最想念的便當，是夏天的綠豆薏仁、檸檬汁和鳳梨冰……」

盧美杏

懸念的車後座

盧美杏認為，能伴著父母看日升月落才是真幸福。

盧美杏，輔大圖書館系畢，現任《中國時報》人間副刊主編。曾任《台灣時報》記者，《中國時報》寶島版、家庭版、浮世繪版主編，《人間福報》、《就業情報》專欄作者，高雄市文化基金會董事，編著《醫者：披上白袍前的十四堂課》、《典藏艋舺歲月》等。

前幾年，父親身體每下愈況，開車載著他南來北往奔波就醫，車外美景飛逝，虛弱的他卻根本無視窗外景致，安靜的車後座，有我的懸念。

是的，車後座是我們兩代親情的連繫，幼時父親載我，及長我載父親。猶記孩童時，我和妹妹們總是輪流坐在爸爸的摩托車後面，奔馳高雄的街頭，在我們父女眼中，不管是到小港機場看飛機起降或到西子灣看夕陽，高雄怎麼看都美，我相信自己那愛玩的基因絕對遺傳自他。

在那個沒有汽車的年代，近程有機車代勞，遠程的呢？父母親照樣想方設法讓我們假日就往郊外跑。有時搭上擁擠的巴士，也不管一路暈車到吐，一心往國境之南的墾丁奔去；有時衝進火車，遠征嘉義拜訪阿姨，順便到噴水池圓環吃知名美食；有時甚至轉了好幾種交通工具，就為了上阿里山看日出。日前和父母聊起這些出遊往事，大家還笑成一團，笑言當時怎能說走就走？

但那畢竟都是青春年少的往事了。後來我離家北上求學，迷上自助旅行，我們的家族旅行漸漸減少。爸爸退休前，一次也沒有出過國，從不請假是他的工作原則，但他鼓勵媽媽出國遊玩，他說：「媽媽出國就等於我出國一樣，幫我看看世界。」好不容易退了休，他終於可以每年和媽媽一起出國旅行，卻得隨身帶著大把高血壓和糖尿病的藥，遠行多慮，而我也因工作關係，很少同行。

這些年我走得很遠，去過各地，滿足了自己看遍世界名山大水的欲望，卻將父母的牽掛遠遠拋在心之外，我厭煩後座的叨唸，不想要長輩同行的拖累，自以為灑脫地雲遊四方，卻見父親病容漸枯而心境大改，從「看山是山，看水是水」到「看山又是山，看水又是水」，我好滿足於能陪父母親在台灣趴趴走，有父母親在後座，讓我幸福滿懷。

猶記那次載著父母親北上看診時，精神好轉的父親一路開心地看著遠方綠山，看著紅通通的夕陽，薄暮一層暗過一層，父親突然傳來一聲：「向右看！」原來他看見華燈初上的美麗月升，淡淡薄薄地掛在天上。

那天的月是農曆十七的月，並不是太圓，但淚眼模糊的我，看見透亮而清明的月，好大好圓。我知道即使只是從家中窗外看到的日出，都因為有父母同在，而深感幸福，我深深體會——看盡世界名山好水是幸福，伴著父母靜看故鄉遠山、日升月落是真幸福。

輯二

我和一枝筆在路上

朱　玲

炎夏吃冰去

涼夏冰棒，有著青春的騷動。

朱玲，雖學習銀行保險，對投資理財卻一竅不通。國中時因對聲音藝術著迷，立志成為廣播人，終於美夢成真，三十多年的廣播資歷，樂於「只聞其聲、不見其人」，喜歡從簡單生活中，體會單純的美好事物。

蟬鳴四面埋伏般地撞進耳膜，橘紅火焰在鳳凰樹梢誇張地燃燒著。今夏氣溫迭創新高，極少吃寒涼食物的我也禁不住冰品的誘惑，大口大口地舔咬著冰棒。順著手指融化流下的甜液，一如我脖頸與背部不斷滲出的汗水般黏膩。雖齒頰因冰鎮而麻痺，但滑入咽喉的沁涼，直教人大呼過癮，這種暢快的感覺，久違了！

童年的炎夏，綁不住孩子們跑跳追逐的腳步。最開心的事，莫過於玩耍後，抓著幾毛錢、滿身臭汗地走進小雜貨鋪吃一碗清冰。我總是專注地看著老闆從冰櫃中取出一大塊四方冰磚放入手搖剉冰機，那彷彿是啟動清涼的起手式。隨著他的手搖動作，冰磚在機台上跳著自轉舞蹈，再變身為碎冰落下。老闆搖晃著塑膠盤，讓碎冰堆成一座雪花小山，我常央求老闆多轉兩圈，讓雪花山再長高一些些。在酷暑中，這樣一碗加了兩匙糖水的清冰，比西瓜糖或鮮紅的芒果乾更讓我滿足。母親常說，這些冰磚很髒，都是自來水做成的，而且常綁著麻繩暫放在店家地板上，吃多了會拉肚子，但母親的話語就像融化的冰水，不久即蒸發消失不留痕跡。

後來家中有了電冰箱，母親為了讓孩子吃得衛生安全，特別買了模具自製冰棒。即使沒有果汁機，母親仍將新鮮水果用湯匙壓成泥狀，加上糖水做成水果冰棒，滋味當然比清冰更勝一籌。我突發奇想慫恿母親多做一些賣給鄰居小朋友，母親笑笑拍拍我的頭，未置一詞，我的發財夢終究只是一個白日夢。

成長過程中，經痛、冬天手腳冰冷的毛病長期困擾我，母親諄諄告誡不要再吃冰，這些叮嚀如緊箍咒般限縮了我小小的快樂，因此特別想念那個趴在雜貨店手搖剉冰機前的小小身影，但有時仍會暫拋束縛來支冰棒、一盤剉冰，或是一盒小美冰淇淋。

在咖啡館尚不普遍的三、四十年前，冰果店就是大家的社交據點，偶爾我會和同學在放學後，騎著單車橫過幾條街到台南「莉莉冰果店」，大啖一碗招牌蜜豆冰或紅豆牛奶冰。除了吃冰，我還喜歡偷看鄰桌穿制服、共享一碗冰、脈脈含情對望的男女學生，我口中的甜蜜滋味也輕輕撩撥著對愛情的憧憬。然身上一襲白衣黑裙的制服，猶如一道橫亙眼前無法跨越的紅線，只能將那股青春騷動默默壓回心底。

如今剉冰店在台北已極少見，能大口吃碗冰的機會不如從前。反倒是大賣場，各式包裝精美、口味多元的冰品陳列在冰櫃中，挑逗消費者的味蕾。但步入中年後，或許潛意識為顧及健康，冰品對我似乎已失去了吸引力，就算走過也常視而不見。唯今夏的炙熱高溫，走在戶外宛如置身火爐中，而自己就像一支即將溶解的冰棒，於是我閃進超商，毫不猶豫拿起冰櫃中的兩支紅豆牛奶冰棒。啊，今年夏天，我又像個孩子般，重新暢快享受吃冰的樂趣，而且，不僅此一回。

吳瑞玲

菱角的滋味

吳瑞玲攝於金瓜石。夕陽餘暉穿透烏雲，淡墨色天空破了個洞，邊緣鑲著微光，仿如人生寫照。

吳瑞玲，來自屏東萬巒，嘉南藥專畢業，婚後北上於醫院任職，大半輩子視生老病死為日常工作，退休後加入閱讀寫作協會，參與生活寫作班等各項活動，認識很多文學同好，希望能將舊時回憶與生活感觸化為文字，書寫人生百態。

立秋過後，菜市場賣玉米的攤子開始改賣菱角。一鍋黑黑的菱角冒著白白的熱氣，在初秋裡吐著夏天炎熱的氣息，現剝殼的菱角一個個露出菱角仁，躺在大圓盤上，層層疊疊堆成一座小山。等了漫長一年，躲在我肚子裡的菱角蠢蠢欲動。

小時候，我最愛光顧住家附近素蘭的小攤子，春、夏兩季賣冬瓜茶、綠豆湯，秋天一到改賣菱角，越冬換成賣臭豆腐。

素蘭剝菱角的功夫堪稱一絕：右手一把彎月小刀，大拇指套著一截橘色指套，左手握著一顆菱角，刀鋒對準菱角上方的小突起，調整好角度，使勁往外撬，一下刀菱角應聲破殼，露出胖胖的菱角仁。

母親偶而會買一袋菱角回來，放在餐桌上，對在看電視的我們說：「趕快寫作業，寫完就可以吃菱角了。」受到菱角的鼓舞，七個孩子寫作業速度飛快，因為菱角仁口味有差別，我們都急切地想先搶食嫩藕色的菱角仁，它的口感鬆軟最好吃，白色的菱角仁吃起來比較硬，適口性不佳，如果碰到連續撥開數次都挑不到嫩藕色的，我通常就不著痕跡地把菱角殼蓋回去，假裝不曾選過它。

升上國二那年暑假，父親望女成鳳，決定讓我轉學到台南念書。轉學報到的第一天，是母親帶我從萬巒搭屏東客運到屏東市，再搭公路局客運到台南市，轉乘台南客運到位於台南縣仁德鄉的學校。母親知道我愛吃菱角，在屏東市候車時買了一袋菱角放進我的書包，順手抽走三毛的《撒哈拉沙漠》，交代我要好好讀書：「不要浪費時間看課外書。」

母親誦經般的叮嚀，伴隨著車子輕輕搖晃的韻律感，我睡著了。夢裡有著一堆念不完的書，我成績優異，頻頻上台領獎的景象。

私中標榜課程進度超前，來自鄉下的我功課完全跟不上。面對束手無策的學習困境，讓我把它跟素蘭自動連結，希望能回鄉吃她賣的菱角得到慰藉，哪知當我穿著海軍領的制服搭車回家，經過素蘭的攤子，她問我：「這是哪間學校的制服？」，聽到我赴異地讀私中，她微笑說：「喔，那要花很多錢。」隨即轉過身子，從鼻子輕輕地哼出：「牛，牽到北京還是牛。」這細語像無數個菱角的尖刺，深深刺痛我。

阿芳是我在私中時結交的好同學，我們這對當年的「狀元姐妹花」，包辦班上倒數第一名、第二名，每次挨了老師的棍子，常相約在晚自習前的自由活動時間一起逛福利社，帶著麵包越過操場，爬上靠近台南結核病防治院的那座小山坡，望著夕陽下中山高速公路來來往往的車流，想到日子一天天過，成績毫無起色，少女心一陣淒然。吃完麵包，心裡好像有些踏實，彼此鼓勵，打勾勾蓋印章，下次要考好一點。

忙了大半輩子的阿芳，今年把生意很好的魚丸店，交棒給下一代經營，我也順利從職場退休。日前，她從台南來台北找我，當她遞給我一包剛上市的官田菱角，我雙手摀住驚叫的嘴巴，超過三十年沒見面，她竟然還記得我最愛吃菱角！

今天早上從菜市場買了一袋菱角，拎回家的路上晃呀晃的，一顆顆菱角穿過提袋冒出小小黑黑的尖刺，我小心翼翼地，不再讓它刺痛我。

杜珍彤

六星級糖藕

美味的蓮藕。

杜珍彤，本名杜美華。寫了近三十年公文，很羨慕能寫出文情並茂佳文的作者。退休後，以過半百之年，帶著活到老學到老的決心，參加寫作班，從此與寫作結下難解之緣。

因工作之便到上海小住一段時間，為了一探上海人日常生活吃食，我與一位台灣朋友相約巡遊虹橋地區的傳統市場。

賣場擺設與台北常見市集相似，本想逛一圈就離開，但前方角落牆上貼的一張紙條，寫著「六星級糖藕」五個大字，吸引我倆駐足細究。

攤位火爐上一口大盆鍋，正煨著一堆糖藕，深褐色的糖汁、蓮藕，色澤暗沉毫不吸睛。我與朋友相視一笑，心裡嘀咕：「這種賣相，還敢自稱六星級！」穿著與糖藕同色系，長相也不亮眼的中年女老闆，看出我們的懷疑，大聲自信地說：「絕對好吃的糖藕，回頭率很高的！買一段試試，保證你們回頭再買。」

我倆不好意思心思被看穿，為扳回顏面，趕緊掏錢買了一節。拎著一盒切片糖藕，找到一家不禁止攜帶外食的小餐館，打開盒子試嘗。一入口，只覺淡淡的糖香裹著藕香與米香同時發散，層次相疊但不互相搶味，糯米塞緊在藕孔裡，兩者同時咬嚼時，更顯緊實又不沾齒，越嚼越彈牙，充分滿足口慾。

在這講求顏值的時代，無論職場選才或購物時，常會以外貌定取捨，然而，外相與內涵卻不一定相當，以貌取人可能錯失人才。很慶幸我在上海小市場裡學到一課，若執著於「以貌取藕」，就大失口福啦。

汪詠黛

我的霸氣書房

讀書，是最好的陪伴。汪詠黛攝於台北市閱讀寫作協會基地——熊與貓學創書房松山驛站。

汪詠黛，台北市閱讀寫作協會創會理事長。接受《中國時報》編輯台近三十年的嚴謹訓練，認真對待每一個字、每一位作者；相信文字「真善美聖」（母校曉明女中、輔仁大學校訓）的力量，以推廣閱讀、生活寫作為志業。

如果，當了一輩子文字工作者，卻沒有一間自己專屬的書房，是否太遜了？

如果，在家裡想寫作，只要開口請家人「閃」，就能如願，是否太霸氣了？

一提到女作家的書房，免不了讓人想起英國維多利亞時代女作家維吉尼亞．吳爾芙（Virginia Woolf, 1882-1941）在《一間自己的房間》的主張：「女性若是想要寫作，一定要有『自己的錢』和『自己的房間』。」大學畢業後即進入報社工作的我，要做到以上兩項提點，應該不會困難；但筆耕多年，從「少婦黛媽咪」到「陪孫黛奶奶」，從報社編輯到四處推廣閱讀、寫作、讀報教育、親職教育為志業的斜槓女，我在家卻從未擁有一間專屬書房。

是的，從未擁有，但不哀怨，也不擔心吳爾芙這位女性主義祖師奶奶會怪我「不長進」。因為根據我的理解，吳爾芙的呼籲是希望女性藉由擁有一個實體空間，進而擁有心靈的空間、思考的空間、創作的空間；而我覺得要讓自己的心靈自由、思考自由、創作自由，何需受限於「倚賴」一個實體空間？如果「哪裡可以閱讀、寫作，哪裡就是我的書房」，這應該也是二十一世紀女性的一種自由體現吧！

年輕時，工作返家後就是馬不停蹄地處理家務事、甘為孺子牛，忙得像兩頭燒的蠟燭，養成一面煮飯、洗碗、拖地、洗衣、晾衣，一面思索稿件「之後」如何下筆的習慣；家中也四處準備便條紙，隨想隨記寫些「關鍵字句」，免得靈感稍縱即逝。等家人入睡，在客廳書桌上振筆疾書，或在次日上班搭火車途中，有個座位，將稿紙鋪在大腿上寫將起來。隨身攜帶輕便筆記本，是一定要的啦，近年來又添了手機寶物，更是如虎添翼。

至於看書，以及將列印出來慢慢修潤的稿件、作業帶在身上，更是可以在咖啡廳、捷運站、醫院候診……，隨時隨地善加利用。身為「文字手藝人」，我力行詩人陳義芝說的：「手上有一枝筆，自己的天空要多寬就有多寬，自己的房間要多大就有多大。」

但畢竟寫作需要安靜思考，拿毛筆抄經更要靜心；當我希望在沒有酒櫃只有書櫃、書架的自家客廳動筆時，只要對家人說聲：「請把客廳讓出來，謝謝。」這裡就成了我一人獨享的大書房。

感謝外子和兩個兒子的配合，即使當年我寫柏楊策畫的《重返異域》，在客廳臨時加桌子放置參考資料、書籍，以及從泰北採訪的成疊筆記本、好幾盒錄音帶，加上必備的電腦，客廳被我一人占用長達一年的時間，他們也是二話不說全力支持「寫作皇帝大」。

家裡有個從事文字工作的女主人，閱讀這件事當然有舉足輕重的地位；平日買書自不待言，報社發的年終獎金是給孩子買套書的基金，整個客廳就是全家共用的書房。兩個孩子有童書專櫃區，同學、鄰居孩子來家裡走動時，可隨手抽出好書翻一翻；想借回家嗎？沒問題，黛媽咪有自製的借書卡，請你自己登記；大人看的文學、歷史、藝術、商業、旅遊等類書籍，在各自的專屬書架上，也都歡迎借閱。家裡訂了幾份報紙，客廳旁的餐桌是大家攤開報紙討論時事的場域。

哪裡可以閱讀、寫作，哪裡就是我的書房。一即是多，無就是有，您說是吧？

林碧蓮

茶烟輕揚落花風

2019年秋日，杭州淨慈寺「靜心茶會」，林碧蓮茶席。

林碧蓮，大學畢業後到日本念服裝，在東京時尚界工作多年，流行產業新舊汰換飛速，讓她對傳統、細膩、內斂的事務特別傾心。閱讀、書法、茶道是生活中的「玩伴」，而書寫，是通往林碧蓮內心的「心靈夥伴」。

秋夜的西湖邊，清冷露重。凌晨一點五十分，鬧鐘聲劃破子夜的幽寂，我們也從睡夢中醒來，準備三點抵達雷峰塔對面的淨慈寺，四點半拉開「靜心茶會」的序幕。

暗夜穿過濃綠掩映的園林步道，四周寂靜地只聽到自己的呼吸聲。跨越南山路，回望雷峰塔盤折在墨藍的天空下，夜風吹動塔周的樹群，正如張岱在《西湖夢尋》裡形容「雷峰倚天如醉翁」，雷峰真有幾分微醺，依舊英姿煥發。

黔藍的天際漸漸轉成藍灰色，四點左右茶席布妥，所有工作人員喝了一碗清粥暖胃，換上白淨的茶服。除了濟公殿內留一盞微光外，寺院內外沒有燈火，茶席上燭光點起，開始迎賓。

賓客們身著素淺衣裳，臉上沒有少睡的倦容，而是滿帶好奇愉悅的眼神，如晨霧般輕巧地穿梭茶席間，彷彿在找尋一處可以和自己心靈對話的空間。

清晨的風撫動樹梢，遊戲茶桌花間，客人款款入席，茶主人將席上燭光點點罩滅，寺院一片淒靜，我們起身離開，靜坐於焉開始。南屏山邊的天色藍灰中透著微光，在山巒、古剎、老樹圍繞下，心慢慢沉靜下來。

我們提著剛煮沸的水緩緩步入茶席，在曙光初露大地甦醒的那一刻開始泡茶。熱水注入壺內，水氣淹漫，看不清水位，只能憑藉經驗。我不確定是否可以泡好這一杯茶。

茶會舉辦前兩個多月，在台北的我們改於夜間上課練茶，以克服暗黑、濕氣和低溫對泡茶的影響。儘管如此，今日南屏山下的風、西湖邊上的水氣還是不一樣的。慶幸在茶道學習中培養出來的專注力，讓我面臨無常變化時，可以靜心穩定並泡出一定水平的茶湯。

生命的如實是在當下，我珍惜這個無法重來，唯一僅有的片刻。冰沁濕冷的空氣中，水溫燒至極高，不得不為，然而我泡的茶是嫩芽為主的東方美人，水溫不宜太高，注水力道也要輕柔，如壺中上揚的水氣將芽葉撐浮起來般的輕盈，水徐徐傾入，茶烟輕揚。客人喝下第一杯茶後，輕闔雙眼說：「好香，好甜。」朝著聲音的來向，我仰首看往夕照山的蒼穹，天色已魚肚白，流連西湖的弦月還掛在雲上捨不得離去。明月相伴，同沐朝霞，猶如夢境。

第二杯茶起泡後，寺院鐘聲乍響，賓客盈盈笑道：「是南屏『曉』鐘喔！」

看著客人彎彎的眉眼，滿臉光潤，在晨曉中伴著鐘聲喝茶，我彷彿看到曾經坐在古遠湖畔的自己，聽著曠達悠長的琴聲，松風下茶香飄忽，心想，這是幾世牽的好緣分呀！

十年前剛和解老師學茶道不久，那是我第一次參加靜心茶會。是夜興奮地完全沒有睡意，兩百多位賓客集聚到台北近郊的山谷中，秉燭夜遊於目不暇給的茶席之間。萬籟俱寂，第一次那麼敏銳地感受到周遭自然的變化、光影的流動。

現在我可以泡茶和有緣的客人分享，六、七十人在天光未明時趕赴這場茶會，一起體驗從夜闇到黎明的過程。

有人很好奇地問：這麼辛苦的茶會，你們怎麼會如此熱衷，一次又一次參與？我的回答很簡單：做一件自己喜歡的事，每一刻都可以全然專注沒有他想，這是怡心，正如文震亨《長物志》所言：「弄花一歲，看花十日。」最讓人回味的是那一幕幕走過來的點點滴滴，怎會辛苦？

林麗鳳

地瓜薑湯與書

林麗鳳（右）和先生攝於佛光山南台別院佛光緣美術館。

林麗鳳，台北科技大學畢業，故鄉有座赤崁樓，目前住在吹著九降風的科技城。曾參與北部第二高速公路與中部第二高速公路興建工程，生命中最精華美好的時光都奉獻給國家重大建設。

那天，強勁的東北季風把玻璃窗吹得嘎嘎作響，男同事們從工地會勘回到辦公室，一進門就喊著：「林小姐，這裡有五十塊錢，拜託妳拿去買地瓜和薑來煮，冷死我了！」

看著說話時口中冒著煙，並用力搓著雙手取暖的同事，身為唯一的女性神隊友，我爽快回應：「沒問題！」暫時放下手中工作，立即到樓下的柑仔店買了砂糖、地瓜和老薑。

這是我平生第一次煮地瓜薑湯，對於地瓜和薑的比例並沒有概念。第一回合，地瓜與薑入鍋，馬上發現地瓜太少、薑太多。「這樣湯會不會太辣，不好入口？」我納悶著，再跑到樓下自掏腰包買了地瓜。

第二回合，滿鍋都是金黃的地瓜，相形之下薑變少了。「薑不夠，不能驅寒。」心裡OS，於是又衝到樓下買薑。為什麼用「衝」的呢？因為兩回合下來，已經花了好多時間，整個辦公室的男士都在等著我這鍋地瓜薑湯袪寒啊！急得我全身都熱了起來。

第三回合，我快速地把薑洗淨入鍋，竟發現鍋子太小裝不下。「天啊，鍋子不夠大！怎麼會這樣呢？」當下決定換一個更大的鍋子，我快速衝往樓上宿舍找鍋具。

出錢的男同事看我上上下下跑來跑去，叫住我笑著說：「該不會是鍋子太小了？」「沒錯！」我火速找來一個大鍋子，終於搞定一鍋地瓜薑湯。

「吃地瓜薑湯囉！」我如釋重負地喊著，而那些四、五十歲的男同事早已笑得人仰馬翻，有的還走到我的身旁揶揄道：「吃這一碗地瓜薑湯，還真不容易喔！」

「是滴，」我沾沾自喜地回答：「像我這樣煮地瓜薑湯，可大器得很呢！」下班回家，我把這事說給先生聽，他聽完只是笑了笑，不予置評，好像預見了我這傻勁日後會給他帶來的難題。

那時工作壓力大，我總以買書、看書來釋放壓力，幾年下來買了不少書，也添增了幾個書櫃。有一回整理家務，正苦惱不知如何安置新購的書時，先生突然開玩笑地冒出一句：「該不會叫我換房子吧？」

這句話聽起有點熟悉，對了，好像地瓜薑湯換鍋子的翻版。「應該還好吧！」

我一邊思索著該如何把書擠進書櫃，一邊順口回答。

我的意思是，雖然一時還沒擠出位置，應該也可以安頓好這些書的；但沒想到，先生卻將這解讀為老婆大人對他的激勵：換房子，以你的能力「應該還好吧！」於是接下來好多年，他都早出晚歸拚命工作，直到我們真的換了房子。

換了房子，當然又多了幾個書櫃。有一天，我從書局帶回好多本「戰利品」，喜孜孜地把書放入書櫃時，聽到在一旁看書的先生說：「老子《道德經》裡不是說『為道日損』嗎？怎麼還買這麼多書呢？」

「可是老子也說『為學日益』啊！」我詭辯著，「你知道嗎？董橋曾經寫過一篇文章說，一位著作等身的長輩寫信給他，說是接受雜誌社訪問，需要提供受訪者照片。長輩尋來尋去好不容易找到一張自己站在書櫃前的照片，但堆在書櫃頂端的書與資料滿了到天花板，他問董橋這樣會不會太凌亂了；你猜董橋怎麼回答？他說：這樣才配得上您老的學問啊！」

身旁的先生說不過我，只能又笑又搖頭。咦，這個表情有點熟悉，彷彿多年前大器的地瓜薑湯好戲，又要粉墨登場了。

邱秀堂

咖啡二三事

酷愛喝咖啡的王澤（右二）、邱秀堂（右三）夫婦及母親（右四）。

邱秀堂，台灣文史專欄作家、美食評審。現任老夫子公司董事長，文資會執行監事。曾任公視籌委會機要祕書、台北市文獻會編纂、大學講師，1998年榮獲中國文藝協會「文藝獎章」。

我的另一半老夫子王澤，他把咖啡當開水喝，沒有咖啡幾乎沒有辦法過日子；我雖沒這麼嚴重的癮頭，但也受他影響，養成每天喝咖啡的習慣。

猶記得千禧年，我們到北京洽公，住的是一間朋友推薦由清朝格格住處改建，號稱「文明酒店」的旅館。我們 check in 後尚未進房，先在大廳點了咖啡，未料，服務員端來的是即溶咖啡，收費卻是等同酒店標準的四星級高價位。幸好，這些年大陸的咖啡文化進步神速，從南到北、從東到西，咖啡館林立，我倆總能忙裡偷閒享受到香醇咖啡。

二〇〇一年，徐克導演監製的《2001 老夫子》3D加真人電影上片宣傳，王澤父子在香港接受媒體訪問，中場休息，老王澤問：「王澤去哪了？」此時小王澤手上拿著紙杯咖啡笑咪咪走進來，當下讓我聯想到《老夫子》漫畫中求愛的經典畫面：老夫子右腳半跪，左腳半蹲，左手持花，右手撫著胸口對陳小姐說：「你是我的靈魂，你是我的生命。你給了我生活上的快樂……」咖啡正是王澤的靈魂，不僅帶給他快樂，且因咖啡帶來奇遇。

二〇〇八年九月六日，王澤亦師亦友的建築師 Daniel Libeskind & Nina 夫婦，約我們在日本京都見面，並請我們在三條通鼎鼎大名的「三嶋亭」壽喜燒吃晚餐。當晚，我倆打扮妥當，正要離開下榻的酒店出門赴宴，王澤突然緊張地說：「我的護照不見了！」

天呀，怎麼會這樣？那天中午我們飛抵京都，因為時間很充裕，王澤在酒店悠閒喝咖啡，我獨自拿了兩個人的護照到京都駅，也就是車站B2的市巴士案內，買第二天要去奈良的一日旅遊券。王澤的護照，會不會被我遺落在路上？或是留在售票處了？這一驚非同小可，盛裝的我們立刻改變原訂計畫，放棄叫車，一路低頭慢走、小心翼翼尋找可能遺落的蛛絲馬跡。最後到了售票處詢問，那位賣我票的美麗小姐也慌了，調出錄影帶搜尋，鏡頭模糊中似乎看到售票小姐將護照交給我。

啊，禍首果真是我？眼看約會時間已到，我滿心愧疚地隨王澤到三條通，賓主在浪漫的異地相見，還有美味的晚餐，暫時忘卻遺失護照的苦惱；當Libeskind伉儷飯後約我們一起散步、喝咖啡，王澤卻一口回絕，因為我們急著要繼續找護照，招了計程車直奔酒店。

一進房，我們倆尚不及更衣，即分頭展開大搜索，沒想到王澤不經意從他的背包裡摸到護照！擔驚受怕一整晚的我，終於放下心中的大石頭，不禁喜極而泣，一面拭淚，一面提醒王澤：明天要買小禮物送給那位被連累受驚的售票小姐。

第二天，我們在車站精心挑選了一盒小禮物，到售票窗口卻不見昨天那位小姐，她的主管說，她今天休假。悵悵然把禮物留下請他轉交，但心裡也鬆了一口氣，王澤提議：「我們去喝一杯咖啡吧！」

不知是否時間太早，京都車站內的好多店面尚未開門營業，走了好幾層樓，終於發現角落有一家咖啡廳燈亮著。當我們推門進入，一眼就瞧見那位售票小姐正和友人在吧檯喝咖啡。這咖啡緣，實在是太巧啦！

我的家鄉是台灣高、屏兩縣的客家「六堆」聚落，屬屏東「中堆」竹田鄉美崙客家村，不要說交通不便，村裡連雜貨店也沒有，更別說新潮的咖啡館。可自從二〇一五年芳鄰邱錦蘭遠從移居地瓜地馬拉帶回咖啡，在三合院開設「美崙咖啡烘焙坊」，就常聽到錦蘭對著來欣賞我家「老夫子彩繪牆」的客人說：「這位八十多歲的邱伯母，每天都來喝咖啡。喝咖啡，有益身體健康喔！」哈，我媽媽居然成了美崙咖啡代言人。

其實，王澤和我並不講究非要喝怎樣的咖啡才行，只要簡單方便、不做作即可。二〇一一年冬天，蔡志忠大師邀我們至他杭州「西溪創意園」工作室度假，整齊乾淨潔白的廚房有一台膠囊咖啡機，就把我們樂壞了；最近在電視機看到帥死人不償命的喬治克隆尼代言此咖啡機，更是把我迷得暈陶陶。我們為什麼那麼著迷咖啡香呢？答案耐人尋味，讓我們賣個關子吧！

王若慈

自在早餐

以豐盛的早餐「愛自己」，才有能量照顧一大家子人。

王若慈，過動好奇的老頑童。自從完成兩大責任：陪伴父母終了、孩子成家立業，開始追尋自我人生，行走日本遍路第一段、攀登台灣百岳（六座落袋）、每周至少一次獨行十公里以上、報名路跑、木藝所初體驗……。拋開年齡，依心而行。

這是今天我傳給閨蜜群組的早餐圖。

一杯自製綜合堅果豆漿、黑咖啡，一顆水煮蛋，半個酪梨佐綜合堅果蜂蜜，以及起司烤紅藜吐司加蘋果切片、白披薩搭自烤橘片。

我寫了一句話和她們分享：「愛自己，就從豐盛早餐開始。」

先生吃什麼呢？我倒不必多費心。我們兩個人住在同一個屋簷下，但是口味完全不一樣，兩人都退休了，就各自負責喜愛的簡單、健康早餐吧！這是我們的日常，各自開心，自在生活。

邱彩霞

御風迎向金城武

陳志朗、邱彩霞伉儷情深。

邱彩霞，筆名薈穎，國中教職退休後，加入閱讀寫作協會，聆聽學者、作家的精采演說以及寫作指導，獲益良多，進而參加私塾小班；經良師益友的鼓勵，作品陸續被報刊錄用，既療癒又能引起共鳴，自利利他。

大學時住校，女生宿舍距離系館有段不短的路程，我買了一輛二手腳踏車代步。春天騎車在盛開的杜鵑花城巡遊，夏季頂著大太陽在椰林大道奔波，寒天雖是冷風颼颼，總比步行快得多，縮短在外受凍的時間。

一出校門，大馬路上車水馬龍，我可沒膽子騎車上路。晚上要到校外當家教，先把單車停在校門邊，搭乘公車往返學生家，回校後再換上我老舊的鐵馬，衝越暗黑的校園回宿舍。

和腳踏車初次結緣，是在小學五年級。小鎮校門旁的腳踏車修裡店添購了一輛孩童自行車，每小時租金兩元，雖不便宜卻很熱門。我積蓄了幾天的零用金，和同學小麗一起去排隊，好不容易搶到周六兩個小時。

豔陽高照的仲夏午后，我們選定學校大門前一條長約五、六十公尺，兩側綠蔭遮天的碎石子小路，兩個單車生手互相幫忙，歪歪扭扭不斷摔倒，好幾次都撞上路旁的樹幹。但是我們鬥志高昂，屢敗屢戰，手腳擦傷也不在乎，硬要撐完那兩小時。

第二次租車，我們轉移陣地去操場，覺得它較寬廣而且是平坦泥地，應該較為有利。果然，我摔車次數明顯減少，小麗更是進步神速，已不需要我扶持。我很羨慕，決心要好好表現，不能丟臉，跨上坐墊用力踩踏，大叫：「妳放手！」拉風三秒鐘，突然發現自己直衝向司令台，一緊張忘了該怎樣轉彎，狠狠撞上木頭方柱，倒地動彈不得。

小麗跑近一看，大吃一驚：「妳右眼流血了！」

幸好我這傷兵小霞只是眼尾裂傷，但自此被媽媽嚴禁再碰單車，還被導師調侃：「唷，我們班長的眼睛變大了。」

到台北讀初中，班上有幾位同學每天騎車上學，她們漂亮的淑女單車，是我這鄉巴佬從未見過的，最讓我心動的是她們上下車的姿態非常優雅。有位好友慷慨地把單車借我練習，我居然不再笨手笨腳，幾次嘗試後就成功了。

在田徑跑道上得意洋洋享受騎快車的樂趣，忽然聽到教官吹哨子，喝令下車：「PU跑道花了好多錢才鋪好的，不准騎車！」難怪我騎得好舒服順暢，原來是這麼高級的車道。

四十三歲那年，我因為眼窩骨癌開刀，手術後接受放射線治療三周、化療半年，身體虛弱得常常臥床。有一天夢到自己騎著腳踏車從斜坡上飛馳而下，快樂似神仙！一覺醒來，開心得忘了身體不適，一再向家人提起那個夢境。

等我療程結束，體力也恢復，外子立刻買了一輛腳踏車送我。閒暇時他和我分別載著兩個女兒，就讀國中的兒子騎上他的越野車，一家子浩浩蕩蕩出遊，或者一起騎車購買菜餚，帶到公婆家聚餐、陪老人家聊天，那是全家最經濟實惠的享樂。

孩子們長大後，外子和我經常在晚上騎車，牽著兩隻毛小孩，去附近新建好的大學校園閒逛，本以為這就是我們相依到老的日常，不料他因公過勞驟然去世，我頓失伴侶，孤獨喪志，再也不願進校園騎車或散步。

然而，日子總得過下去，在兒女和朋友陪伴下走過傷痛的兩年後，我終於願意騎自行車去瑜伽教室上課。貼心的孩子們買了一部較矮的新單車當作生日禮物，還特地選了嬌嫩的粉紅色：「這顏色讓老媽更顯年輕、更有朝氣喔！」

騎上我的小粉，回到校園，處處勾起回憶。我在風中喃喃自語：「老伴，你也陪我來吧！」

去年三月，大學同學會來到台東池上鄉的伯朗大道，同學們紛紛相邀坐在四人共乘的小車上，我獨自跨上單車，騎在蜿蜒小路上。兩側隨風搖曳的稻浪帶來一縷縷清香。我乘奔御風，大聲向空中喊道：「金城武，我和先生來了……」

邱碧淞

柚香茶情客家寶

邱碧淞母女，在製作客家柚茶時傳承愛的好滋味。

邱碧淞，苗栗客家人，愛吃、愛作夢、愛看小說，生了兩個女兒後就愛當媽媽。在陪伴孩子學習過程中，飼養昆蟲、種花蒔草、親近大自然，領悟到紀錄的重要，繼而開始嘗試以文墨留存身旁的人、事、物。

客家柚茶是我們家珍貴的寶物，當家人中暑、咳嗽時就會泡來喝，更是父親和五叔兄弟們談心、思念祖母時的飲品。

以前祖母每年會做兩、三個，她過世後，我們省省地喝，當喝完祖母做的最後一泡客家柚茶時，覺得真是不可思議，客家柚茶存放了三十年，喝起來仍然香氣馥郁，齒頰芬芳。家人覺得必須將此技藝傳承下來，於是母親開始製作，每年做五、六個，持續了好多年。

五叔過世後，父親少了兄弟對飲，備感孤單，因睹物思情，比較少喝了，自從父親不怎麼願意喝後，母親也顯得意興闌珊，製作客家柚茶的責任就傳到我身上了。我把之前漫不經心的記憶一點一點匯集起來，加上母親的從旁提點，開始認真學習。

每年中秋之際，挑柚子、選好茶，是我們家的大事。祖母在世時，母親買回來的柚子一定要讓她先看過，而被相中可做柚茶的柚子，由我在書架上清個位置慎重存放。

喝茶是我家的日常，接待叔叔伯伯親友時，奉上好茶，代表我們最真誠的敬意。尤其在中秋節賞月那天，下棋、說典故、講笑話，歡樂無比，而重頭戲是品茗多種比賽得獎茶。

父親會將被誇讚過的前三名，特別存放，以供製作客家柚茶之用。母親打趣道：「你有好茶葉捨不得直接喝，做客家柚茶就捨得。」「那當然！做客家柚茶那麼辛苦，一定得選用好茶才行，等用剩了再喝嘛。」

客家柚茶的製程，每個細節都馬虎不得。我第一次製作時，放了好一陣子茶葉未軟，母親一看就說要加鹽，柚肉才容易把水出盡。她還解釋：「你祖母說，加了鹽的柚茶不易壞，喝的時候才會潤韻。要記得唷！」

蒸客家柚茶的蒸籠需洗乾淨，不沾一點油；曬的時候，不能沾到一滴雨水；重壓的物品要平，得用不沾油腥的砧板做底板，再於砧板上置放重物；蒸的時候鬆掉綁繩，壓的時候繫穩綑繩。

自柚子取出柚肉，將柚肉和茶葉混攪置軟塞回柚殼中，經過五到九次的蒸、綑、壓定型後，每日需蒸軟或曬軟、調整綑綁的棉繩；這期間，我每晚要將客家柚茶重新綑綁安置好，方得安心入眠。這甜蜜的負擔，需到它們堅硬無比，才算完工。收藏三年後飲用，甘甜無比，存放越久滋味越好。

起工製作客家柚茶時，滿屋飄香，這氣息不僅是舒心神怡，還有綿綿的思念，牽縈著家族的溫馨與芬芳。

客家柚茶製程

一、材料

1. 柚子（一顆／500G）
2. 茶葉（500G）
3. 鹽巴少許

二、做法：

1. 柚子置放至微乾，洗淨、晾乾。
2. 切開柚子蒂頭留下，取出柚肉，保持柚殼完整。
3. 柚肉一瓣一瓣除去囊皮，剝下柚肉放入大碗公中。

精實的客家柚茶，生津止渴、潤喉養胃，存放經年風味依舊。

4. 將烏龍茶、鹽放入大碗公中與柚肉攪拌，用手輕輕抓捏後，靜置兩小時左右，茶葉吸足柚子水軟化，柚肉脫水成乾扁狀。

5. 把混攪在一起的茶葉和柚肉，緊緊塞入柚子殼內，將之前切下的柚子蒂蓋回去，並沿邊塞緊。

6. 蒸籠的底鍋置入半鍋水燒開，將柚茶放入蒸籠，文火蒸四十分鐘熄火置涼。

7. 取出柚茶調整形狀，用棉繩輕輕綑綁後再拿重物將其壓扁。

8. 重壓一天後，移開重物，鬆開棉繩再用蒸籠蒸三十分鐘熄火置涼。

風　影

一根扁擔

歷盡滄桑的扁擔，烙印作者酸甜苦辣的年輕歲月。

風影，彰化縣人，從事流通業採購工作十數年。退休後，加入台北市閱讀寫作協會一圓年輕時的文學美夢。十年來跟著協會的腳步成長，書寫生活所見所聞。寫作讓作者誠實面對潛意識隱藏的問題，逐漸解開，面對，解決，放下！

獨自回娘家幫忙打掃，在後院清理出一根沾滿蜘蛛網塵的扁擔，老媽說：「千萬別丟，它比你年紀還要大，等你外甥女長大後還可以用來挑嫁妝呢！」

自我有記憶以來，這根扁擔就一直靠在後院的牆腳邊。父親是公務員，薪資微薄，但公餘之暇斜槓當農夫，照顧起自家的薄田也很專業，所有粗重活兒都是老爸一手承擔，用扁擔挑著自茅坑取出的天然肥料，兌水到後院的菜園施肥，都是他的日常。

記得我八歲時，父親在驚蟄時節帶著扁擔及兩個空竹簍，走路到隔壁村一位老農家挑取稻秧苗，再回家帶我與六歲的大妹走到田裡，開始教我們插秧。

插完秧苗，竹簍子空了，我和妹妹坐進竹簍，一人一邊探出頭來，隔著老爸的身軀玩起剪刀石頭布。那時老爸正值壯年，一根扁擔揹著我倆沿路走約半小時的路程回家。

母親為了減輕家計，承接不少家庭手工，讓那根扁擔也發揮很多功效。好比接下附近一家荸薺工廠的削皮工作。

荸薺產季只有冬天兩個月，我與大妹用扁擔挑著一個空桶子，到工廠扛回十公斤未削皮的荸薺。先將一桶帶著泥土的荸薺清洗乾淨，再用刨刀削去黑皮，我與大妹經常削得皮破血流，十根手指頭貼滿ＯＫ绷。

母女三人一個晚上可以削好一桶荸薺皮，清洗乾淨的荸薺，泡在加滿水的桶子裡，隔天再由我們兩個小女孩用扁擔扛到工廠驗收。在民國五十七年，我們每個月可賺六十元，算是不錯的辛苦錢呢！

三、四月，是家鄉的蒜頭產季，村中那兩條鋪上柏油的主要道路邊，排滿了剛採收的蒜頭。我帶著大妹直接向農夫老闆洽談，扁擔上捆好幾束蒜頭，帶回家剝去蒜皮、並整理乾淨，再送去給老闆，每天領工錢。媽媽特准這是我倆的零用錢，就算總是被大蒜嗆得淚流滿面，也剝得開心。

隨著家裡經濟逐漸改善，我讀國中時，老爸向公所申請自蓋樓房，請了土木工師傅，將一樓房加蓋兩層，全家大小七口人全部投入蓋樓工作。扁擔小兵立大功，成為我們搬運磚塊、砂石、水泥等的重要工具。

節慶時也少不了扁擔，每年中元節普渡拜拜，老媽都會準備豐盛的祭祀品，裝進兩個竹簍子，交給身為長女的我用扁擔扛到村里一座廟前參加共同普渡。

我結婚時，母親在扁擔上綁了紅色緞帶，並在兩個竹簍裡放入嫁妝用品，扁擔跟著我到夫家。十幾年後我失婚了，一個人在兩岸工作奔忙，卻不知那根扁擔何時回到娘家，默默靠在它熟悉的後院牆角邊。

依稀記得小學畢業時，我用原子筆在扁擔的凹陷處簽上名字「風影專用，民國六十一年」，倏忽五十年匆匆過，那簽名早已消失殆盡。今天我將滿是灰塵的它仔細清洗乾淨，並用磨砂紙將粗糙的竹身磨平，擦上亮光漆，晾在灑滿陽光的後庭院。看著它在陽光下閃閃發亮，我輕輕撫摸這老夥伴，說：「謝謝你辛苦大半輩子，再也不用承擔重責大任了。」

張生平

青春吉他

致青春，這是我曾經留過最長的頭髮。

張生平，自幼受民族音樂薰陶，並研習音樂書畫，專事古箏教學。因喜歡閱讀，加入台北市閱讀寫作協會，受到汪老師鼓勵，嘗試寫文章，欣喜有機會能和文友們一起圓夢，集體創作，合作出書。

擁有屬於自己的第一個樂器，是吉他。

少年十五二十時愛唱歌，那年代沒有卡拉OK，吉他算是不必花太多錢的樂器，我學會了一點基礎和弦，C、Am、G、D等，就開始抱著吉他唱歌，美好的旋律總可以讓我開心好久。

學會的第一首歌是〈我家在哪裡〉，然後是〈Let It Be Me〉、沒事強說愁的〈我有一簾幽夢〉；模仿貓王抱著吉他耍帥，自得其樂。

多年後，我成為古箏老師，忙於教學，回到家中已經很累了，甚至不想有任何的音樂在耳邊。這陣子，回味年輕時的悠閒，又重拾吉他，刷刷弦，簡單的T1213121、T12321指法，開始自彈自唱，唱著〈寶貝〉，唱著〈Rhythm Of The Rain〉，單純的快樂又回來了。

學習樂器不為表演給別人看，也不是非要成為名家，但如果堅持下來，終身受用，那種自娛的快活，是真生活。

張　璇

夢並不是那麼遠

張璇和三個寶貝女兒，左一小女道欣、左二長女道文、右一次女道萱。

張璇，美國波士頓大學藝術行政管理碩士。曾任國家兩廳院專屬接待、音樂製作，現任「蠻藝術」行政總監，推廣台灣原住民音樂，受邀兩廳院國際藝術節、愛沙尼亞東方音樂節、新加坡濱海藝術節演出。近年致力創作寫實繪畫。

六年前，以演奏為職業的大女兒想找一把音質音色更上層樓的大提琴，我們計畫去義大利製琴古城克里蒙納（Cremona）尋找，順便一道歐遊。來到克里蒙納，拜訪當地許多家製琴工作坊，她試拉過幾十把琴，真比挑選女婿還難，最終決定一把由 Russ 製作的手工琴。

翌年，Russ 去上海參加樂器展，順道來台北幫大女兒微調大提琴。他也帶來四把色澤略不相同，價格迥異的小提琴。看到這幾把琴，兒時學琴的記憶如窗外輕輕飄忽的雲朵，在心中漣漪蕩漾。我試拉每把琴後，衝動地決定，選了其中一把跟我投緣的小提琴，當作送給自己初老的大禮物，我要重新拾起斷了半個世紀的小提琴夢。

認識小提琴這個樂器在我讀小五時，音樂老師組了一個學生樂團，我什麼樂器都不會，或許我的音感、節奏感不錯，老師選我在樂團裡擔任敲三角鐵與打鈴鼓，站在樂團最後一排，我遙望著指揮老師，聆聽弦樂器交織拉出主旋律，吹奏樂器相附和，加上打擊樂的節奏點，整首交響曲每星期反覆練習，非常震撼好聽。打擊樂站的位置，可以清楚看到每一位小提琴手拉琴的樣子，漸漸地，我被小提琴的音色給迷住了。

國小畢業，我考上了當年第一志願台北市女中，父親很高興，問我要什麼獎賞，我不假思索說：「我要一把小提琴。」以當時雙親都是教師，養育四個子女，學習樂器真是太奢侈了。感謝父親！他用當年教師節敬師金，幫我買了一把台製小提琴。我去拜師原小學的音樂官老師，因為媽媽在同校擔任代課老師，官老師給我減免了一半的學費，讓我學小提琴的夢能有個開始。

雖然，初中課程相當忙碌，我每星期日定時到官老師家上課，每天安排時間練琴，從開始粗糙難聽的鋸琴聲，到漸漸能拉出一些好聽的曲子。記得，初三的某一天，官老師問我有否興趣加入青少年管弦樂團？當然，那不是我期待中樂團小提琴手的夢嗎？

沒想到，要加入樂團的隔周，官師母通知我，未來的學費不再減免，還要半年一繳，這晴天霹靂的消息，扼殺了我能繼續學琴的機會。我含淚上了最後一堂小提琴課，也告別了我單純稚氣的童年，原來實現夢想不是觸手可及，也需考量許多現實層面。

大學畢業後，我結婚，陸續生了三個女兒。伴隨孩子們上音樂班，我只是個帶上課、陪練琴的家長。提琴個別課，老師為孩子講解如何夾琴，左手指在小提琴指板上的位置滑動、手臂如何靈活配合，右手運弓的柔軟與力道，如何拉出好聽的樂聲，音色、旋律、節奏間的關係，練琴技巧與熟練度，我似潛移默化地放進腦海裡。喜歡聽現場音樂會，也愛反覆聽不同音樂家演奏的CD曲目，做版本比較。音樂成了我生命中不可或缺的精神糧食。

如今，半個世紀過去了，我有能力擁有一把義大利克里蒙納的小提琴。同時，跟著一位年輕的小提琴家學習。拿起製作精緻、柔金褐色、線條優美、聲音溫潤的小提琴，幸福感油然而生。慢慢地熟習如何控制琴弓在琴弦上，發出乾淨清柔、有力度、有音樂性的樂音，是我每天的功課。

重新拾起練小提琴，最奇妙的是，小時候練過的曲子，很快能上手，我也能體會樂曲、樂句中要表達的樂思，好像每一個音符、每一段樂句、每一首曲子穿越了我人生歲月的五十年，都自動接續上了。

其實，自己最想做的事，只要在心中堅持且耐心等待，夢並不是那麼遠。

郭仲琦

伸展台上的派皮

狗展當天的派皮與郭仲琦。

郭仲琦，出生於北投眷村，大學就讀台中東海大學。結婚生子後赴美進修，在美國達拉斯居住20年後，搬回台灣陪伴母親。人生的轉折無法預料，但處處都充滿了故事。每一步走過的路都沒有白走，累積下來就是一本獨一無二的自傳。

那年，我在東海大學畜牧系當助教。一天到農場的倉庫裡找工具，聽到拆下的門板後面傳來嗚咽聲，喔，居然有一隻看起來像狐狸狗的混種小白狗。

小時家裡養過幾隻狗，也許因為家人愛吃，取的狗名都和食物有關，金黃色的愛爾蘭長耳獵犬叫 Honey（蜂蜜），咖啡色的土狗叫可可，圓滾滾的小混種狗叫肉球；牠們都是全家共有的狗，唯有這隻在東海農場撿來的小狗，是第一隻真正屬於我的狗，取名 Puppy（派皮），是英文小狗的意思。

派皮有雙憂鬱的眼睛，表情很認命，捧在手中，還不到一個巴掌大，四隻小小的腳比我手指頭還細，我猜想牠應該是被狗媽媽遺棄了。牠不停地發抖，不知道我會對牠怎麼樣。農場的工人勸我不要養這隻狗，說牠心理受到創傷不正常；但我對牠一見鍾情，花了好久的時間才得到牠的信任，在我懷中不再發抖。

我上班時把先天不良、長不大的派皮帶到辦公室，放在抽屜裡，一有空就抱牠逗牠玩，慢慢地牠比較活潑了，卻從不會叫。系上的同仁笑我養了一隻啞巴狗，本來養狗應該要看家的，牠卻不吭氣。我告訴他們，派皮那麼小，壞人來了一巴掌就把牠呼飛了，「我養派皮是用來寵的，不是用來看家。」

那時剛結婚沒多久，還沒有孩子，派皮就是我最疼愛的「毛小孩」。我們一家三口出去玩時，丈夫帥氣地騎著野狼一二五，才二十出頭的我摟著他的腰坐在後座，派皮站在牠專屬座位——摩托車的油缸上，怡然自得地吹風。

有次畜牧系主辦一場全台狗展，各式純種名犬報名來參加選拔大賽，由評審老師們評分選出優勝者。身為系上助教的我幫忙辦這次活動，在現場穿梭跑腿。我特地幫派皮打扮了一番，洗了個香香的澡，頸上繫了一條紅緞帶，紅白相映，十分美麗。我把牠偷渡到現場，趁著沒人注意，放到台上。

評審老師介紹正起勁，看到這隻來歷不明的小白狗，愣了一下，不知該怎麼介紹。不過牠站在台上可愛的模樣，立刻獲得現場觀眾的讚美與掌聲，尤其是小朋友們，更擠到台前，爭著要抱牠。

派皮那天出盡了鋒頭，每個人的目光都集中在這隻害羞的小白狗身上，最後是哪隻狗得了冠軍倒沒人注意。在我的心目中，冠軍當然非牠莫屬。還好我的頂頭上司沒有為了這隻來攪局的小狗開除我。

幾年後，我們夫妻申請到美國念碩士，無法帶狗同行，只好把我的心肝寶貝派皮放到朋友那兒寄養。這位朋友家裡本來就有一隻黑狗，我們希望派皮能有個伴。幾次越洋電話問到派皮，朋友說黑狗會吼牠、咬牠，我聽了好心疼，但鞭長莫及無可奈何。有天打電話去，朋友說派皮跑掉了，想是受不住黑狗的欺負。我傷心地直想馬上飛回台灣找牠。可憐的派皮，被黑狗霸凌，流落街頭，牠是否冷了？餓了？是否怪我把牠遺棄了？跑出去是不是要去找我呢？我歉疚了好久，深深懊惱辜負派皮對我的信任。

就像初戀無法被取代，後來在美國雖然也養過幾隻狗，但都無法和我對派皮的感情相比。我偶爾還會夢到派皮憂鬱的眼神，瑟瑟發抖的樣子，和牠站在機車前面吹風享受的身影。

郭秀端

編織竹鐘情

竹編時鐘成品，裝上電池便可日夜運轉，這是作者的最愛。

郭秀端，在缺乏資源的嘉義山上長大，六十多歲方有餘力就讀大學，卻已是六個姐弟中學歷最高的，因此更覺得須為故鄉、家族留下一些故事。曾獲新北市玩字時代徵文入選、桃城文學獎散文組優選、大武山文學獎黃金組首獎。

竹編時鐘掛在梅山文教基金會一樓樓梯轉角處，泛著蜜糖色光澤。圓形鐘面上深淺不同竹篾，織出一層層菱形花紋，上掛著黑色時針，沿著圓形鐘面一支支竹篾呈輻射狀伸出，再交錯編織成由小漸大的鏤空菱形。我每次去，皆如欣賞藝術品般出神凝望，秘書何小姐因此說，三月份將開辦竹編時鐘課程，屆時通知妳回鄉。

課程連續兩天，敦聘國寶級民俗藝師劉明智與楊明鍾老師指導。這些年來，兩位老師只要有人邀請，不論路程遠近，一定不計成本前往授課，希望竹編技藝能夠薪傳。

竹編曾是梅山鄉最重要的生活技藝。小時候，阿媽常編織「帶路雞」籠，水果籃……等上街販賣，賺取老人家的零用錢。阿媽的竹篾來自住家附近的長枝竹，當她在密密的竹欉裡找竹、砍竹時，我忙著尋覓筍龜，一種橘紅色的象鼻蟲，丟進大灶餘燼裡燒烤，是童年難忘的香酥滋味。

阿媽坐在門口埕，剖竹篾、編竹籃，我是她的好幫手；水果籃的竹篾長，我邊拉，邊抖出如彩帶舞的波浪；泡好紅花米水，她遞給我一支毛筆，手指撫著竹籃，說：「位遮漆一條至三條紅線，按尼較有喜氣，送禮的收禮的攏會較佮意。」

「會曉麼？」

我點點頭，搬了張小椅子在斜對角坐下，米色微青泛著竹香的竹籃擱在膝上，我仔仔細細描了一條又一條。阿媽賣了籃子，會買我最喜歡吃的玉米回家。

劉明智、楊明鍾老師同是安靖村人。劉明智老師說，石化業未進駐台灣前，安靖村有一半人口從事竹藝編織副業，產品不只供應遠近鄉鎮，還出口日本。男人務農，女人在家帶小孩，順便編各種竹簍、竹器出售補貼家用，農閒時便全家投入。劉老師從小跟在父母身邊學習，天分加上努力，如今是一代宗師，在竹藝界擁有一片天空。

剖竹篾是竹編最難的一環，為了這項課程，兩位老師已先行作業數天。先到瑞峰山區取合適的石轎竹，剖成一支支竹篾，竹篾必須削得厚薄、大小如一，且光滑不扎手；我的視線忍不住落在兩位老師布滿厚繭與小傷口的手，阿媽也有雙那樣的手。為什麼要用石轎竹？記憶中稻米、橘子、鹽場用的竹簍、椅子、桌子用的都是桂竹。老師說，因為石轎竹目長節疏，編織時「節」可以隱藏起來，較為美觀。

竹編時鐘由底座與外框兩個部分組合而成。老師體貼這群沒有經驗的學生，先幫大家起了底，學員只要依照老師口訣：正面挑一、壓五、壓三、壓一；轉向挑五、挑三、挑一，繼續編織到第六層即可。然而我們經常分不清「壓」與「挑」，教室不時傳出：「老師，幫我看按尼敢對？」「我遮怪怪，那準不對咧。」

一個時鐘要兩個外框。一個外框，需使用三十六支竹篾。劉老師或坐或蹲，竹篾一支疊著一支，手壓著，腳踩著，繞出圓形，再掰上掰下交錯重疊，嘴裡不忘唸口訣，連聲問我們：「知影麼？」好熟悉的話哦，阿媽在天上也看著我嗎？

微風從敞開的窗戶徐徐吹入，我渾沌的腦袋似乎清醒了些。眼盯著老師的手，似已心神領會，不料才接過手又迷糊了；究竟要挑，或是壓？是壓兩支，還是挑三支？最後在楊老師協助之下，勉強完成。

外框上下兩片相疊，中間塞入圓形底座，繼續編織至竹篾末端，即成時鐘半成品。這時楊明鍾老師從桌子下拿出臉盆來，老師您是因太疲倦，需要洗臉提振精神嗎？原來臉盆也是工具之一，楊老師把半成品覆蓋在臉盆上，朝下壓壓壓，再拿到牆上比呀比，他說，這是要讓背面平整，將來掛在牆上才會貼合；外框長度可長可短，看學員喜好大鐘、小鐘決定，工序與底座片雷同：量長度、畫線、塗膠、裁切。時鐘竹編至此完成。

兩位老師之勤，讓我異常感動，中間完全沒休息，連停下來喝口水都擔心浪費時間，中午吃過午餐，立刻又投入工作。以他們七十餘年紀，大可在家含飴弄孫，或四處聊天喝茶旅遊，若不是一分傳承文化的心，何以如此拚命？

他們孜孜矻矻的身影，竟與阿媽的身影交錯、重疊……。

陳名能

電線桿亂想曲

拉斯穆森《體驗建築》中的一頁，充滿韻律感。

陳名能，初中建中，高中竹中，大學中原理工，伊利諾大學碩士。美國及台灣建築師，名匠建設負責人。中原大學、中華大學建築系副教授，台北縣都市計劃委員。創作繪畫多年，《人間福報》「無能名焉專欄」撰稿三十餘篇。

如果電線桿有腳，它也想要跑哪。

這是郝譽翔在她散文體的自傳小說《溫泉洗去我們的憂傷》中，一位紅衣大陸女子，回答是否想要離開大陸時，多麼期盼殷切、形象鮮活的對白。

電線桿當然沒有腳，但是它還是會跑ㄟ，至少它的影子會跑。小時住在日式的房屋，院門外長長的巷子，兩旁是水泥磚的圍牆，沿著一邊的圍牆站著一排電線桿，小時候空閒很多，時間很長，我喜歡看著電線桿的影子，由長變短，由短變長，從左邊跑到右邊，有時還會爬到牆上。朱自清是這麼形容太陽光影的：「太陽，它有腳啊！又輕悄悄地挪移了。」

所以，不是電線桿和它的影子會跑，是太陽在跑。但是不對啊，不是說太陽是中心，地球繞著太陽轉嗎？那麼到底是天動？地動？電線桿動？還是影子動？真教人說不清了。不過大陸的那位紅衣女子的心，確實動了。

人家靠山吃山，靠水吃水，我靠電線桿吃點電，有什麼不可以？

賴聲川導演的《那一夜我們說相聲》，有一段講台灣早期的眷村生活的趣事，李立群就抖了這麼個「大包袱」（相聲術語意指幽默的橋段或笑話）。電線桿在不久之前，代表的是文明和進步，我們還可回想早期電影中，描述偏遠鄉區，首次接上電力，「電火來了！」村人爭相走告的場景。但是不久之後，電線桿卻代表的是落後和貧困。

多年前我曾負責規劃設計一個台北郊區的住宅社區，業主要求社區管線全面地下化，不設任何電線桿。我們向台灣電力公司提出申請鋪設地下電纜，負責與我們對口的工作人員非常不積極，甚至明說他們已有太多次的經驗了，每一個新社區都來申請鋪設地下電纜，費了好大的勁規劃設計，再計算出開發商應負擔的工程造價，就統統打了退堂鼓，害他們做了很多虛功。

我們說盡好話，請他們再辛苦一次，我們是玩真的。結果計價出來，真讓人嚇一跳，但業主要我們通知台電，照價繳費。據說此舉在他們內部引起震動，區經理親自出面接待我們，又據說區經理在台電是很大的官。當年台灣經濟剛起飛時，我見證並參與建造了這個極少見到沒有電線桿的大型住宅社區，是我職業生涯中，有趣也有些得意的一段。

現在都市中電線桿看不見了，傳統的木桿或水泥桿當然也都看不見了，但是都市景觀卻遭「異族」侵略，其他各式各樣的路燈、號誌燈的鐵桿，幾乎成林。還有一種鐵桿，上面頂著一個難看的大鐵箱，往往還畫上難看的圖案，生怕沒人看到那是變壓器，電纜地下化了，以前變壓器可以在電線桿上與電線共存，現在只好獨自出來獻醜了。

電線桿不見了，自然電線也不見了，不過你只要一抬頭，還是有些難看的纜線掛來掛去，那多半是有線電視台的纜線，而且大多是違規拉的。以前電線桿還掛著電話線，現在也用不著了，人手一只「愛瘋」，屋頂上多了很多難看的基地台天線，據說有害人體，唉！我多懷念以前「會講話」的電線桿。

丹麥建築師拉斯穆森（Steen Eiler Rasmussen, 1898-1990），寫了一本很有名的建築入門書《體驗建築》（*Experiencing Architecture*, 1959），當年

建築系的學生，不管真看了沒看，幾乎人手一冊。其中有一張照片（如刊頭圖），拉斯穆森用來解釋建築（或造形）的韻律感，這真是經典！讓我們體驗什麼是視覺上的韻律感，似乎聽到小燕子的歌唱，我們看見五線譜和音符，還看到了可被稱為「缺席的在場」的主角——電線桿。我說，電線桿會唱歌，你同意嗎？可惜這樣的詩情畫意，現在是看不到了，只引起作家他里霧如此感傷的謂歎：

路燈桿成了孤鳥鵠立的據點，跟都市人一樣。

當然，電線桿不會真的跟我們講話，但有人會真的跟電線桿講話。我有位小時候的鄰居，我與他的哥哥同年，玩在一起，當時他年紀尚小，拖著鼻涕眼淚要跟我們，但我們總想盡辦法躲他。多年以後相遇，他已是翩翩中年人，而且能言善道，幽默風趣，他一開口即口若懸河，滔滔不絕。承他親口告訴我，他媽媽是這麼說他的：

我們家老么啊，就是愛說話，他是碰到電線桿都不放過，也要說上幾句。

陳英姿

火車通勤　搏命一族

陳英姿（右）與母親於2008年在餐廳慶祝母親節。

陳英姿，從學生時代就喜歡看報，所謂秀才不出門，能知天下事。報上的長篇連載小說尤其令她著迷，每天忙著「追劇」。退休後參加寫作班開始學習寫作，志同道合的同學彼此互相切磋琢磨，樂趣良多，讓退休生活增色不少。

回小鎮娘家探望母親，陪她吃完晚飯，我獨自搭火車返北。在月台候車時，一群通勤女學生嘻嘻鬧鬧下車，眼前晃動的白衣藍裙，彷彿有我曾經的青春身影。

小學畢業那年，我考上台北市的初中。新生入學第一天，媽媽陪我坐了一趟火車，再轉公車到學校；從此獨自展開初中、高中、大學，每天搭火車來回十年的通勤生涯。

當時鶯歌火車站只有一個入口，住在車站背面的我們，從家裡走到正門口至少要二十分鐘。這一帶的通車族都會抄捷徑走一條小巷道，經過農家菜園，下幾個台階就到了車站外圍的某處缺口，跨過幾條交錯的鐵軌後直接爬上月台。大家對於如此違規的搏命搭車方式都習以為常，老經驗的火車司機也見怪不怪，遠遠看到我們不但刻意減速，還會像公車司機一樣按喇叭警告，超有人情味。

那時普通車班次很少，四、五十分鐘才有一班，多半是長途車，誤點超過半小時是常有的事。火車一到，塞滿月台的旅客蜂湧而上，某次尖峰時間我甚至被擠得無法雙腳落地，只好「金雞獨立」撐到下一站。

除了擁擠，仲夏季節也夠嗆人。當年車廂內沒有冷氣，車頂的電扇雖然有風，但吹來的卻是溫熱的風，碰上某些人的汗臭味、體味，真是名符其實的五味雜陳，令人窒息。

火車誤點還算是勉強可以忍受，最糟的是列車進站又臨時改變停靠另一月台，當大家聽到廣播才發現不對勁時，只能紛紛從月台跳下軌道直奔列車，混亂的情況簡直像逃難一般。

彼時周六都上半天課，午後就是看電影、聚餐、約會或舞會的美好時光；到了晚上九點多，月台上出現一群晚歸的年輕人，只要看到有火車來，即使是票價較高的平快車，也要衝上去趕回家。

我們買的學生票折扣很優惠，照規定只能搭普通車，補票平快車加上罰款金額大，不是窮學生可以負擔得起，我們必備的生存技能就是躲避查票員得像老鼠躲貓咪一樣機靈。如果看到有一群年輕人往車尾方向走，不要懷疑，「查票員來了！」大家馬上從椅子上彈起來，心照不宣跟著走就對了。

有時候大夥兒走到最後一個車廂，眼看查票員就在不遠處，哇，火燒眉毛了！

只要列車一靠站，大家火速跳下月台，用最快速度飛奔到最前面的車廂避難，也有人躲進廁所，總之，就是三十六計走為上策。

結婚後我定居台北，回娘家多半是先生開車往返，較少機會搭火車；如今我從職場退休，又開始每周固定搭火車回小鎮探望媽媽，繼續當個通勤族。

現在搭乘火車可比當年舒適太多了，班次多、誤點少、播報系統完備、車廂內有冷氣……，然而，令我回「味」無窮的往事，我的你的他的火車情緣，千絲萬縷永遠說不完。

陳雲和

在雨中，與奇岩共舞

南雅奇岩——拔地擎天的巨岩上布滿優美的紋理，一隻巨鷹盤踞岩頂，守護著過往船隻。

陳雲和，筆名阡陌，1946年生於台灣屏東，國立台灣師範大學文學士。喜好閱讀、寫作、攝影、旅遊，著有阡陌雲影系列散文集《跨界行旅——攝掠南疆、尼泊爾》、《天地任遨遊——捕捉台灣幸福元素》等四集。

台灣東北角濱海公路上，一個名叫南雅的地方，聳立著一塊奇岩。遠看似石筍，又像霜淇淋。趨近仔細端詳，拔地擎天的巨岩上，布滿優美的弧形紋理，相互平行又上下呈斜面交錯，頂端處，盤踞著一隻巨鷹，炯炯鷹眼，俯視著眼前的汪洋大海，守護著過往船隻和垂釣人。

南雅原是平埔族的一個聚落，據說由「湳仔」轉音而來，即雨急水多之意，九月至翌年三月，受東北季風影響，大多籠罩在煙雨中。由於濱海公路的建設，從水湳洞、南雅到和美因炸山而開挖出這樣的奇景。

東北角海岸屬於亞熱帶季風氣候區，四季有雨，氣溫高，海風強，經年累月不斷地風化侵蝕，刻鏤出一群奇形怪狀的岩石。

南雅是東北角海岸風景區的北面入口，四周山巒起伏，大海壯闊，更有特異的海蝕地形。海岸及下方的海蝕平台，群聚著奇岩怪石，更隱藏了稀奇古怪的圖案。因為這支石筍較突出，而榮獲「南雅奇岩」的封號。

這群大自然的神奇雕刻，吸引著我們前來拍攝。

初冬的一個下雨天，我們夫妻再度驅車前來捕捉奇岩怪圖。

兩人穿著雨衣，爬上路旁一塊粗獷的巨石。這裡的岩層富含鐵礦、堅硬不易受侵蝕，經年累月承受風化雨淋，呈現出深淺不一的赭紅色花紋和奇妙的圖案。

「哇，快來看，這裡有個小人國！」我驚呼道。角落裡聚集著一群褐色的小人，排排箕踞而坐，好似在觀賞精采表演。

「嘿，這裡有婦產科的圖像！」他大聲吆喝。赫，這個婦產科醫師真是三「攝」不離本行。

我移步過去站在旁邊，赭紅色的圖畫果真像極了女性的器官。轉往九十度方位看，卻變成有人在禪定的身影。

「噓，從這裡看是有人在禪定耶！」我讚歎道。

「噢，真的好像！」他忍不住嘖嘖稱奇。

「噯呀，站這邊看又成了一串耳環！」我叫道。

大自然揮灑出兩條長線，擺置成交叉狀，再彩繪出深淺不一的色澤，引得兩個攝影痴繞著它不停地移動腳步，試圖捕捉住各種奇幻的圖像。

是痴也好，是迷也罷，且專心享受這份上天的恩賜！

走向另一邊的大岩塊平台，岩石上的圖案呈現另一番光景。岩面上深淺不同的赭紅色調，揮灑出層次分明、線條流暢的巨幅畫作，畫面上散發著寧靜、祥和的氛圍，彷如世外桃源。如此神奇的筆法，讓我懷疑莫非外星人曾經降臨這裡？

「噢，兩位真是好興致！」三五位遊客撐著傘，顛顛斜斜地走上岩塊，有人忍不住讚賞說。

雨勢愈來愈大，我們各自撐把傘保護相機。沿著石筍旁的台階往下走，來到巨岩底部，啊！又是別有洞天。石灘上，散布著各式各樣的石頭，看似凌亂，卻又錯落有致。

每塊石頭，因受侵蝕的抗力和速率不同，呈現出獨特的肌理花紋。有呈波浪狀的、有起伏像山脊的、更有淺褐石塊上攤著一條長長的鐵灰色大魚……，我倆也如悠游的魚兒，穿梭在石塊間，搜尋石頭上的美麗圖像。雨滴在傘面跳著踢踏，愈跳愈快。脖子上掛著兩個機身，一下用廣角攝取大景，一下又以長鏡頭聚焦遠處，拍得興味淋漓，驚歎連連。

接連下了三天雨，充沛的雨水將岩石涵養得晶瑩滋潤，散發出晶晶曖曖的光暈。

「哈，這裡有一顆黃澄澄的的寶石！」他大聲招呼。

「馬上來。」我奮力跨過石塊前來觀賞。

一顆橙黃色、像籃球般的石頭，穩穩立在一塊灰色的石塊上，兀自閃爍著晶瑩光暈。

「嘿，發現一座宮殿！」他又在呼喚。

我穿越亂石來到「宮殿」前。內凹的岩壁上出現以淡藍為底，穿插褐色線條和靈動的圖案，微微天光將這個小凹洞烘托成一座華麗的宮殿。

啊，天賜奇岩，如此豐美！

天地間一片沉寂，兩個攝影痴俯仰在石塊之間，忘情捕捉奇特的畫面。彷彿走入桃花源的武陵人。鏡頭下，那些奇形怪狀的石頭，似在娓娓訴說著奇妙的故事。透過觀景窗，我用眼「傾聽」，聽出浪花與岩石間的悲歡離合；聽出飽受驚濤駭浪的頑石，遁入佛門的定靜自在；聽出……

直到饑腸轆轆，眼花手痠，才依依不捨收工上岸。

回到石筍奇岩邊，猶自喃喃讚歎這大自然的鬼斧神工，背後依稀傳來小人國裡歡唱熱舞的喧鬧聲。

劉家馴

女兒的家書

劉家馴（左）和女兒陳瑩，赴歐洲克羅埃西亞旅遊合影。

劉家馴，24年職業婦女，曾任惠普科技（HP）企畫部、直銷部經理和顧問等職，為照顧家庭提早退休。父親90歲時，思考要記錄他的精采一生，加入協會寫作，十多年不輟，得與才德兼備的好友們互相砥礪，實為人生樂事。

秋涼了，收拾衣櫥準備換季，在抽屜深處翻出一個木頭盒子，裡面有一疊大女兒去美國念高中時寄來的家書，我忍不住再次展讀，雖早已時空移轉，但我的眼淚仍不聽使喚流了下來。

那年，我和外子千里迢迢送她去美國念一所知名的私立女校。安頓好一切，我們強忍不捨，將一個十五歲還不太會說英語的孩子，留在一個陌生國度，要她自己摸索生存。事後她在信上說，望著爸媽的背影，頭也不回地越走越遠，直到轉彎不見。那時太陽剛落下山，她孤伶伶地坐在宿舍門口階梯上，害怕得哭了起來。學校邊波多馬克河畔美麗的楓葉已轉紅，像似我們如刀割般的心在淌血……

不久，收起眼淚，她漸漸適應了，信中開始述說在學校選課、聽課和參加課外活動的忙碌，英文能力與日俱增。從小愛唱歌的她，主動參加嚴格的甄試，被選入全校只收十三人的 Madrigal 合唱團，連續兩年得了北美高中比賽的冠軍；她也大膽參加課外多齣音樂劇的演出，由《悲慘世界》裡的小扒手，演到《小飛俠》的主角彼得潘。她的好人緣，很快融入外國同學生活圈，不再孤單徬徨，自信心不斷攀升。

其中一封信，提到好不容易在最難的英文課拿到一個A，讓她十分高興。她說：「作文好，還真吃香。雖然我的文法沒有美國學生來得強，但老師說我的thoughts（想法）不錯，換句話說，我比她們聰明啦！」呵呵呵，小妮子開始臭屁起來了，看得我和她爸爸笑彎了腰。

每逢佳節倍思親，離家在國外特別懷念小時候回斗六老家過年的快樂情景。她在信上寫，跟著十位堂兄弟姐妹一起玩沖天炮、吃阿嬤的手路菜筍干湯和長年菜、隨大人出去給親戚拜年拿紅包，「和台灣比起來，美國華人過年，多半是麻將和卡拉OK的無聊事。」最後還在信上神來一筆：「明年過年時，希望阿公阿嬤假裝大發雷霆，警告海外的陳家子孫，誰若不回斗六過年，就不准再踏進陳家門一步！哈哈，我一定第一個跑回台灣！」

女兒的課業越來越重，高二升大學的壓力接踵而至，家書漸漸變少了，替代的是三言兩語報平安的電話，偶爾來信，開始夾雜英文，但字裡行間仍飽含思鄉的濃情，很懂事地關心父母的健康、拜託弟妹多幫忙家務。

她在一封信中寫道：「雖然我必須獨立堅強，然而感嘆的是，在這個世界上，我竟沒有一張真正屬於自己的床。」另一封給弟妹的信，要他們珍惜和家人相聚的時光，教弟妹要懂得惜福。信上說：「不論是哪種福，只要有，就是可貴，要珍惜。」信尾還補充一句PS：「奇怪？我也不知何時悟出這許多大道理？」

我想，這是離家千里在異鄉求學，學業和生活的壓力讓她早熟的體悟，遠離家的保護和父母的照顧，一切必須靠自己，她更懂得擁有家人關愛的珍貴。

父母和孩子的緣分，在不斷離別與重逢的悲喜中輪轉，他們長大成人堅強獨立，我們則漸漸衰弱老去。那個當年望著我們背影離去而害怕哭泣的小女孩，如今已歷練成知名的蝴蝶主播陳瑩，主持過總統就職大典、轉播英國皇室婚禮、採訪過南北韓領袖歷史性會面等國際大事。

幸運的是，經過十年異國的求學和工作，大女兒終得回到我們身邊承歡膝下，家書換成臉書，手機取代了學校的公用電話，哪怕是LINE上的三言兩語：「和朋友約，不回來吃飯。」我們也甘之如飴啊！

輯三

我和一枝筆在路上

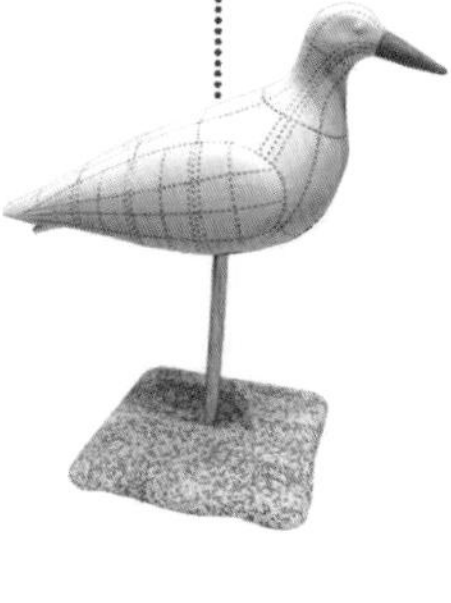

王巧麗

最好的結婚周年禮物

王巧麗結婚的條件，是先生必須同意與岳母同住。他答應了，且對岳母至孝。

王巧麗，退休國中教師，喜閱讀、插花，愛歌唱、烹飪；陳林福的太太、兩個兒子的娘、倆媳婦的婆婆、一個孫女的奶奶。

「唉唷，小姐，五年前妳就該開刀的，怎麼拖到現在呀？妳還真能忍痛啊！」骨科醫師在看完我的X光片以及核磁共振造影後，驚訝地說。

五年前我因肺炎住院，醫院同時為我做了全身檢查。骨科醫師發現我腰椎的第三、四節及四、五節都有滑脫現象，且腰椎第五節、薦椎第一節，也因過度壓迫長了骨刺，建議立即手術，否則會因疼痛影響生活品質。

其實我早就天天在喊腰痛、腿疼，但那時已住院十天，實在沒有勇氣再接受腰椎手術的折磨，所以拒絕了。骨科醫師說：「妳現在不開刀還可以，等到哪一天妳的腿感覺麻痺時就逃不了了，一定得開大刀！」

我當然希望能逃過這一劫，所以這些年一直靠著復健、針灸、拔罐、按摩、泡湯緩解腰腿的疼痛，自認為控制得還不錯。但去年一整年旅遊、探親共出國四趟，竟然在最後一趟旅行忘了戴護腰；加上原本中醫建議我每天走六千步即可，出國期間每天都走上萬步，有時甚至走到兩萬步。旅途的勞頓加上超出體力的步行，對原本就有舊傷的我來說，無疑是雪上加霜。

最近一個多月，右腿明顯麻痺無力，加上幾次莫名其妙跌倒，才猛然想起五年前骨科醫師的叮嚀。積極去幾間醫院做了各種檢查，每位醫師都口徑一致：「必須開刀，而且是開大刀。因為比起五年前，現在的滑脫、移位、擠壓變形更為嚴重，再拖下去有可能下肢癱瘓！」聽得我不寒而慄，終於下定決心接受手術。

家人考慮術後照顧問題，選擇離家較近的醫院。醫師說，我要做的「腰椎神經減壓併骨融合手術」必須用到兩個墊片，健保有給付，但需要事先申請，大約兩星期才會核下來；如果趕時間，建議使用自費墊片，可立即供貨，不過一個墊片要價十萬元。自費墊片的優點是兩個月就可跟骨頭融合，健保墊片則需要三到六個月。

醫師又跟我分析，大家害怕動腰椎手術，無非是擔心會傷到神經。其實現在醫療科技發達，已經有機器人手臂可協助開刀，它最棒的地方是能跟電腦連結，藉導航系統尋找最適合下刀和骨釘置入的最佳位置，可避免發生下錯刀而傷到神經，或是骨釘鎖不緊，要再次開刀的問題，且在開刀過程中會隨時偵測患者的狀況，做最安全的處理。只是，如要啟用這台名為Rosa的機器人手臂協助開刀，得自費十五萬元。天哪！開個腰椎手術竟然需要這麼多錢，我猶豫了。想到退休後不再有薪水收入，退休金也僅夠支付每個月的基本生活開銷；外子近期正打算動白內障手術，大約需要一、二十萬元；加上還有房貸要繳……但外子一句話，就決定選擇自費墊片、啟用機器人手臂，也讓我的眼睛瞬間「出汗」，他說：「太太的健康是無價的！」等醫師排好時間，我赫然發現，開刀那天正好是我們的結婚紀念日，這真是結婚四十一年最好的禮物！

吳淑惠

我是鹿港人

吳淑惠（右）與女兒參加母親節慶典前合影。

吳淑惠，畢業於福建師範大學數學系，曾任中學數學老師，後轉行從事國際貿易跑走中、菲、港、台四地長達30年，現退休，愛好寫作、旅遊。

我因從事國際貿易，居住過大陸福州、香港、菲律賓馬尼拉及台灣，學習了各地方言，加上自幼在農村長大，鄉音改不了，常被朋友說，我的口音很特別。

有一天，一位彰化的廠商老闆因貿易關係來公司造訪，斬釘截鐵斷定：「喔，聽妳口音，原來妳是彰化鹿港人呀！」我不想多話解釋，只「嗯」了一聲。他繼續熱情地說，鹿港他很熟，許多鹿港人都是福建晉江近世紀移民來的，大部分都姓施，又強調：「老一輩婦人就是像妳這種口音，她們找人的時候習慣很大聲對外呼喊，村里頭一叫，村里尾都聽到。」

是嗎？這回換我提起興致了，因為我和先生的祖籍都是晉江，先生也姓施。

我曾聽先生的大嫂說過，她當年才五歲，與父母要坐帆船來鹿港依親找姨母。同行的共有兩艘船，第一隻船在靠近澎湖時，遇上台灣海峽的一處「黑水溝」，一股巨大螺旋狀海流把船捲入海底；大嫂他們搭的那艘船見狀，趕緊回頭，來台不成也不敢再來，後來轉向去了菲律賓。

風聞渡海來台是「十去六死，三活一回頭」，迷信的人說這叫「抓交替」，意思是死去的人會在原地拖人入海代替他。

就這樣，我家鄉許多人都不敢來台灣，而移民去了菲律賓。因為親友互相推薦，現在菲律賓的華人很多是晉江人，也包括我的父母，都是近代往菲律賓討生活的移民。

大嫂的姨母和同鄉，在十九世紀末至或二十紀初來台，落腳在彰化鹿港，他們大部分是晉江縣「前港」與「後港」人，都姓施，前港的堂號叫「錢江衍派」，後港的堂號叫「潯海衍派」。我先生是前港人，人家問我先生貴姓，我常講西、施、思、徐、C，加上腔調太重，講了老半天別人還是聽不清是哪一個，最後只能用手寫的。

我也去過鹿港數次，的確覺得鹿港很像我的故鄉，特別是老嫗喜歡梳一髮髻在後腦勺。我大膽地跟那位彰化老闆說：「我也是鹿港人，雖然我不住鹿港，但我的家鄉有人住鹿港。」他興趣勃勃地說，最早期是清朝施琅將軍來台，後來陸續也有人來，開枝散葉，鹿港施姓已占一半，例如大企業家施振榮就是鹿港人。

我聽了高興極了，因為施琅是民族英雄，他的祖屋就在後港的衙口鎮，緊鄰有東方夏威夷之稱的細白沙灘，是我中學時代的體育場，這裡有一所我度過六年的完全中學。我還去過施琅將軍的祖厝，紅磚綠瓦厝有九十九個房間門，這座大屋現已列入文物古蹟，近年白沙灘上還豎立一施琅將軍大石雕像，成為觀光勝地。

鹿港有施姓宗親會，也是世界施姓宗親會的所在地。二〇一九年，我的堂姪特地由家鄉晉江組團來鹿港祭祖，這兩年因疫情關係才停辦。

歷經多年輾轉遷徙，並且迂迴經香港跨越黑水溝來到台灣，我終於找到一個可依附歸屬的家鄉。如今更知道台灣現代知名企業家施振榮祖藉也是晉江，備覺與有榮焉，於是只要有人問：「妳是哪裡人？」我都會說：「我是鹿港人！」不再為口音而解釋了。

杜解萍

奶奶的叮嚀

親手帶大四個孫子女的杜奶奶，活力十足。

杜解萍，協會創會至今的常務理事，曾任第三屆理事長。這篇文章是對孫子女們最殷切的期盼，希望他們一生快樂，不被橫逆擊倒。

公公在高齡九十七歲時，受病痛和失智的折磨，身體愈來愈虛弱。我的兩對雙胞胎、同齡四歲的孫子孫女，異口同聲困惑地問我：「奶奶，阿祖很老了是不是？妳和爺爺也會這麼老嗎？」

乖孫，你們窺視到人生的輪迴了。是的，爺爺奶奶也會變很老，將來你們也會，每個人都將邁向未來，只是在這個時間軸上，爺爺奶奶已走向末端，你們還在起點。起點，多麼充滿希望的字詞，一切美好都可以從此發生，一切想望都得以實現。

阿祖百歲駕鶴西歸完成了他的一生，你們從懵懵懂懂步入小學。未來的學習之路、探索之路、攀爬之路，雖如此遙遠卻也會如飛逝去。在這生命力旺盛往上茁壯的時刻，你們還無法理解成長過程的奧秘，奶奶就試著說給你們聽：

你們剛步入小社會小團體，第一個要養成的好習慣與品德，就是「感恩」與「禮貌」，從簡單的問候、感謝、道歉開始。

第二，常常設身處地考慮別人感受，在公共場所不大聲喧嘩、不亂跑亂撞、不插隊、上課不擾亂秩序等等。

第三，你們一定要記得，在生命長河裡必定會碰到各種大小不一的挫折與難關，內心的痛苦不必獨自忍受，爸爸、媽媽、爺爺、奶奶，都是你們最親近的人，也是值得信賴、傾吐的對象，把煩惱說出來我們共同解決。

第四，要養成的好習慣就是誠實，那是最優良的品格，不撒謊騙人，更不能欺騙自己，說謊的人是得不到別人尊敬和信賴的。

第五，不做受氣包，也不做施暴者。當遇到欺凌時要勇敢說「不」，如果不能避免打架，不許用工具和牙齒，也不許戳眼睛，當然更重要的是要保護好自己不受傷害。

第六，別人的好意，即使你不需要，也不能自顧自表達自己的情緒，肆無忌憚地用鋒利的言語傷到他人，出口就尖酸刻薄是最差勁的人。如果要在真實感受和善良之間做出選擇，請選擇善良。

第七，每個人都是獨一無二的，要學會接受自己的缺點，欣賞自己的優點，用不著什麼都和別人比。努力向成功邁進當然重要，但達不到的時候也不要灰心喪志、怨天尤人，誠懇地接納自己。

最後、最後，就是你們務必要保護自己，當遇到極端危險的時候，可以大聲喊叫、可以打翻任何東西、可以撒謊等等，任何「規矩」都可暫不遵守。因為，生命比什麼都重要，在單獨面對生命受威脅的時候，只有自己可以救自己。

奶奶愈來愈老，以後你們就聽不到奶奶愛的叮嚀了，所以我現在寫下來，希望你們愈來愈好，做一個內外兼備的快樂孩子，一生都能從容不迫，懂得感恩、誠實，不被橫逆擊倒的幸運兒！

邱雯凰

緩慢的練習

拋開枴杖、無疼無痛，雙腳自在行走，路，在心中亦在遠方。

邱雯凰，淡江大學英文學系畢業，重度閱讀雜食者，享受書寫和觀察。除了職涯上的口譯、國際行銷顧問、英文家教等身分，更盼做個專業書寫者，為自己及有故事的人，以文字訴說和傾聽。

從沒想過，原來緩慢是要練習的，而且要緩慢地練習。

歷經一場大病和兩次生死交關的手術，近三個月腳沒踩地。待終於出院返家，返家後開始在看護陪同下練習如站立、踏步、走路。彷若重新當了一次嬰孩，去體驗那些不復存在的幼時學步經驗。嬰孩時期的我，應該是迫不及待地想從大人手中掙脫，踩地向前，儘管跌跤也不遲疑吧？此刻的我，在以毫釐計算勉強稱之為步伐的踩踏中，感受血液裡流動彷若新生的脈動，一點不安夾雜期待。

除了洗漱和睡覺以外，我必須全天候帶著頸圈，無法低頭看著地面，走路姿態像極了機器人。一次練習走路時，因為上半身只能直挺挺，我赫然發現，邁出步伐走出一直線，不就是少女時期懷抱星夢練習走台步的情境？如果把原本每日的反覆復健練習，在心中轉換成蝸牛版的居家「麻豆」特訓，因為適應病體偶爾出現的苦惱就自動消卻。

一天，小學三年級的大姪女說起電視上名模的風采，一臉欣羨。我說頭要頂著書本練習，她一臉質疑地取來課本嘗試，前一秒嘴裡興奮地嘰嘰喳喳，下一秒就聽見書本落地聲。她的弟弟妹妹一邊喝倒采，一邊躍躍欲試，奶聲奶氣的「換我換我」此起彼落。

「姑姑示範給你們看」，我拄著枴杖緩緩起身，看護一臉緊張地遞給我一本課本，我小心翼翼地放在頭頂，深吸一口氣之後，踏出右腳，然後左腳，書本在我頭頂不動。安靜了五秒後，孩子們的掌聲響起。

我趁機說起英國皇室的禮儀，如五指併攏、微擺手不揮動、微笑等等。頃刻間，頸圈如同是我被加冕的皇冠，我感覺臉上有光。

還沒生病以前，我每回和侄子姪女們見面，總是模仿諧星，全身擺動呈現誇張S型的打招呼；現在劇情改成我演「皇后」，他們是宮裡的小皇族，我們出門「巡視」時向「子民們」五指併攏輕輕擺動，頭部微幅擺動，微笑。

時間削磨去我的不耐，也給了我更多機會留意每個時刻；我緩緩一步步踩在地上，不疾不徐地注視前方，想像自己頂著皇冠舉手投足得有「範兒」，就這樣，心情起伏波動日趨平緩，日復一日專注地完成每個再簡單不過的日常動作。

復健的時間漫長，是一場病體和意志力並存的「枴杖馬拉松」；擺脫凡事講求效率的執著和習慣，靜靜感受微小但確實存在的進步，在心裡悄悄地嘉許自己做得很好，緩慢地練習著緩慢。

姜蕙芳

外甥的烏克蘭婚禮

新娘由父母陪同走向婚禮頂篷，迎向嶄新人生。

姜蕙芳，中國文化大學新聞系畢，從事幼教工作，任職中華汽車附設幼兒園園長二十餘年退休。喜歡音樂、文學、旅行、電影、戲劇等，樂於筆耕，文章散見各大報。

俄烏爭戰不止，我們對外甥烏克蘭新娘家族的安危，只能藉由不斷地祈禱稍解擔憂。想起那年外甥的烏克蘭婚禮，特別令人難忘。

外甥是先生的妹妹在美國工作、定居後，和德裔美籍丈夫所生的兒子，他的岳父母是來自烏克蘭的猶太移民。小倆口的婚禮選在舊金山百年歷史的一家飯店舉行，採猶太教婚禮儀式。

婚禮一開始，新郎由男方父母陪同，走向白色大布巾及四根柱子搭起來綴著花球的頂篷。猶太教徒非常重視家庭，「頂篷」象徵新郎與新娘組成的小家庭，潔淨無瑕。接著，女花童提著小花籃在通往頂篷的走道上灑花，後面則跟著兩個頭戴猶太教白色圓形小帽的男花童。猶太人認為不能以光頭應對神，因此用一頂圓形小帽遮蔽，所以參與婚禮的所有猶太男士及小男孩都戴著圓形小帽。

男花童手捧放婚戒的白色小戒枕，隨著音樂節奏緩緩前進，最後新娘的父母陪著新娘一起走到頂篷前，新娘的雙親把她的頭紗掀起來，由新娘的父親慎重地將愛女交給新郎。

「拉比」開始在頂篷下為新人證婚，「拉比」是猶太教的老師或智者的尊稱，

「拉比」唸頌祈禱文，求神祝福新人，新人交互戴上戒指。禮成之後，當新郎踩破白布包著的玻璃杯時，響起了如雷的掌聲。踩破玻璃杯，意謂新人可以白頭偕老，踩碎玻璃的聲音象徵將開心、喜悅散播全世界。婚禮結束後，來自烏克蘭、中國大陸、台灣，和從環遊世界途中趕抵舊金山參加婚禮的親人，難得聚在一起邊聊天邊享用雞尾酒和點心。

外甥從小懂事，做事極有計畫，一年半前特地安排女友一起回到暌違二十多年的台灣，拜見高齡的外祖父母，再至父母當年的定情地——溪頭大學池向女友求婚，他覺得這是一種家庭傳承。對於婚禮，小倆口也非常慎重，前一年就寄送邀請卡給各地親友，分享這個喜訊並挑選喜愛的主菜。

晚上的婚禮派對，是大家最期待的。由品嘗豐盛的西點、美酒拉開序幕。他們請來極負盛名的ＤＪ主持婚禮派對，在伴郎伴娘的前導下，新人隨著音樂節拍跳舞進場，一曲舞罷，掌聲不斷。新人另外坐在一張長方桌上，共喝象徵圓滿的酒，這很像台灣的交杯酒，大家也同時舉杯祝賀。雙方父母以幽默、溫馨的致詞來祝福這對新人，接著由新娘和其父親開舞，新郎也邀其母入場。大家隨著音樂翩翩起舞，新郎那看似嚴肅的大舅舅竟然很會跳舞，真是出乎我們意料之外。嗨到最高點時，全部的人接龍似地圍成一個圓圈邊笑邊跳，甚至連小孩都跳到不支倒地呢！

來自大陸《陝西日報》社社長的大舅舅，曾受邀至美國紐約林肯藝術中心演奏薩克斯風，原邀請在婚禮派對上表演，但因公務繁忙，臨時決定紐約舊金山一日來回只參加婚禮，不得不取消演奏，令我們直呼可惜。

派對尾聲時新人各自坐在兩張沙發上，由眾人高高舉起沙發往上拋，叫做「被提」，眾人都為他們歡呼、祝福。

隔天中午參加新娘烏克蘭親人的宴會，由於烏克蘭盛產鮭魚，我們飽食了各式各樣做法的鮭魚大餐，真是大開眼界。烏克蘭是個很熱情，喜歡唱歌、跳舞的民族，新娘父母邀請大家齊唱共舞，親友們打著節拍開心唱著烏克蘭民謠，隨後妹妹和妹夫帶著我們這些各地來的親友開懷起舞。

我在台灣精心挑選了代表中華文化特色、繫著大紅中國結的竹飾品，送給新娘和其娘家當結婚禮物，竹子上面簡單書寫著幾個中國字，可以掛在客廳或書房做布置，非常喜氣，她們都非常喜歡，回贈巧克力和代表烏克蘭傳統特色的圍裙。姪子夫婦則是從台灣扛著精美的法蘭瓷贈送新人，禮重情意也重，令人感動。

參加外甥的烏克蘭婚禮，讓我見識到別開生面的婚禮儀式，也享受了充滿歡樂的異國文化。希望俄烏戰爭趕快落幕，在烏克蘭的親家們安然無恙，重回和平、溫馨、喜樂的日常。

姜鵬珠

超人老師的歡喜居

春節在歡喜居與親友團聚高歌，特別歡喜。

姜鵬珠，步入中年，教育生涯與家庭都面臨轉折：在公，從輔導轉教務；在私領域，背負龐大貸款，換取靜謐舒適的居所，兩者都是挑戰。所幸有同事好友攜手合作，順利推展九年一貫課程；同時，全家齊心打造出理想的家居生活。

好不容易等到連假，起個大早趕往山區新買的房子，只想喘口氣，好好休息幾天。但打開大門，乍見院子的石階上鋪滿厚厚青苔和黑泥，九重葛的枝條恣意伸展到欄杆外幾公尺，內院雜草足足有半個人高，這要如何整理啊？再想到龐大的貸款不知何時才能還清，平日是三個孩子的堅強母親與國小教師，但此時的我只是個情緒繃到極點的凡人，索性坐在地上任由淚水流瀉。

那年，我四十出頭，讓我煩惱的不只是房貸，更有沉重的教務工作壓力。為了因應全面實施九年一貫課程，學校陸續資訊化，學籍、成績資料、輔導紀錄無一不要電腦化，圖書館數位化勢在必行，沒有輕重緩急之分，全部得同時進行，接踵而來的是統整學校和社區特色……這些都在我負責的教務職責範圍內。白天忙於工作，做個只能說 Yes 不能說 No 的「超人老師」，晚上奔波進修，盤旋腦海的事，多如這新屋院子裡的蕪雜蔓草。

跌坐而哭，發洩夠了，擦乾眼淚，開始解決問題吧！一家五口穿上長褲、套好手袖、戴上手套，在大門口一蹲幾個小時。外子用鏟子把台階上、水溝旁的青苔剷除乾淨，再換鋤頭上陣，將巷道上那些根系深入土中的牛筋草連根挖除；我和就讀高中的兩個女兒、上小一的兒子，發揮十指神功，努力拔除庭園內、牆角邊的龍葵、幸運草、酢漿草和車前草。

兒子為全身上下通通粘滿鈎刺，覺得有趣：「你們看，是魔鬼粘，好神奇喔！」一句充滿能量的童言童語，惹得我忍不住淚眼婆娑，偷偷輕拭眼角，抹得滿臉是泥。

三個孩子不僅幫忙整理庭園，也合力減輕貸款，小女兒在上大學那年寒假宣布：「爸媽以後不用再給我零用錢了，我可以跟姐姐一樣，到麵包店打工，幫忙家裡快點還完貸款。」小她十歲的弟弟也不甘示弱，馬上獻出剛領到的五百元獎學金說：「媽，過年只要給我一百塊壓歲錢就可以了。」

房貸負擔日減，學校工作也漸入佳境，我克服對陌生電腦的恐懼，積極參與資訊研習，更進一步考入研究所進修，同事間相互打氣，順利將學校運作轉化到九年一貫課程。

一晃眼房子已買了逾二十年，歷經雜草蔓生與房貸、工作重壓的過程，幸得家人、同事與好友攜手合作，走出山重水複疑無路的困境，迎來柳暗花明的歡喜居。

翁素足

邁向鑽石婚之祕笈

1975年結婚至今，翁素足和夫婿依然喜歡到戶外踏青。

翁素足，曾是長期奔忙於家庭與教職的職業婦女，喜歡閱讀，夢想是寫文章刊登在報紙上。2019年加入閱讀寫作協會和私塾班，良師益友助她過了古稀之年還能圓夢並不斷提升，深覺幸福。

正在廚房準備午餐，三歲孫女滿臉委屈，跑進來抱著我，眼淚撲簌簌落下來。我一頭霧水，探頭問正在客廳看報的阿公發生啥事？原來孫女在小凳子跳上跳下，平常惜口如金的阿公一時心急大叫：「不要跳了，會跌倒受傷！」未曾看過阿公大聲說話的孫女，誤以為是在責罵她，被嚇哭了。

老公個性內斂，是一絲不苟的公務人員。那無形威嚴讓一兒二女在成長過程中，因敬畏他而不敢親近。他很少責備孩子，對課業要求只要盡力就好，但對品格教育、生活規範卻相當嚴格。

這位不怒而威的一家之主，不准家人「吃飯配電視」，一定要端坐在餐桌上用餐。有一次他加班，我陪著當時還是小學生的三個孩子，坐在電視前邊吃飯邊觀賞娛樂節目，正看得興高采烈，突聽到開門聲，我匆忙關了電視，四人不約而同端著飯碗「衝」到餐桌坐好。這一畫面至今仍記憶猶深，我和兒女偶然談及，還會忍俊不住。

兩個女兒未成家前，老爸規定她們必須在十點前回到家，偶爾延遲進門見到老爸坐在客廳，她們皮皮剉穿過客廳走進房間才鬆了口氣。現在女兒憶及過往，都笑著說：「當年老爸也沒唸過我們，我們到底是在怕什麼？」

老公沒興趣做家事，我也不勉強他分擔家務。但他律己甚嚴，平常自己的換季衣櫥、書桌抽屜、桌面都是有條不紊。我們健康檢查數據、家裡財務管理、兒女及孫女們的重要記事，樣樣鉅細靡遺登錄在電腦裡，隨時可參考，這些都是我這粗線條望塵莫及的。

退休後，老公喜歡靜態生活，每天電腦不離手，不出門能知天下事，善用網路報名、匯款、購物等；疫情期間避免進出醫院，他就視訊問診，享受新興科技的便利。而我喜愛戶外活動，出門當志工、參加讀書會等，他也支持我的興趣，這一動一靜彼此不干預，相互尊重各自的生活方式。

結褵四十六年來，不管生日、結婚紀念日、情人節，老公從沒上心過，也不送任何禮物，對於我有時的抱怨，他都很淡定地說：「禮物不務實，生活是要細水長流。」面對這麼沒有情調的老公，我從開始的無可奈何，久而久之也就甘之如飴了。

一直以來，我倆若有爭執，無論誰對誰錯，他一貫是個悶葫蘆，冷戰再久也沉得住氣；而我本性愛說話、喜熱鬧，當然受不了那種沉悶的氣氛，只好投降先開口。

為什麼每次冷戰都要我先低頭？對於我的不平抗議，老公總輕鬆回應：「這是妳最大的優點，要持之以恆繼續保持。」

也罷，看來我只好這樣賢慧地保持「優點」，綿綿長長至鑽石婚囉！

翁淑秋

黑夜常常在白天降臨

除了文字書寫，翁淑秋也藉由手繪向日葵，期許自己走向陽光，療癒身心。

翁淑秋，50歲開始寫作，從參加社大寫作班到閱寫協會私塾班，一路寫詩和散文，一再磨筆勤練，終於榮獲報紙和詩社刊登作品。寫作是一個抒發的管道，記錄此生不同階段發生的一些事件和內心的轉折，療癒了身心。

我再一次住進慢性精神科病房。

望向窗外，隔著大片玻璃還有一道金屬柵欄，被銲接得非常牢固，分割成一格一格的，裝著各式各樣不能解套的心事。房間內沒有開關，沒有插頭，連隔著床的布簾子都沒有。一眼瞥見盧阿嬤的家屬正戴著手套清理她老人家屁屁上的穢物，一邊安撫著她別亂動。浴室裡沒有掛勾、層架，更沒有鏡子，這些都有可能是自殺的輔助工具。之前那家醫院的病房浴室裡至少還有一片亮面不銹鋼充當鏡子，可以從鏡裡看到別人，有時看到自己。

一把紅色的吹風機放在櫃檯上，讓有需要把鮮明記憶吹走的人站在那邊整理自己，卻被經過的人直直看著。開放式的護理站經過改裝，玻璃牆頂到天花板，變成一座堅固的堡壘。所有的物品都需要管制進出，包括沖泡麵、牛奶的熱開水、玻璃瓶裝的香水、罐頭食品、長條的梳子，……唯有腦袋不在此限。這裡不容許有隱密的角落和凹凸的牆面，可笑的是所有病友就是因為自己無法清理心裡那些陰暗的角落才需要住進來。

數度進出醫院的酷酷韓姐有著一張單眼皮到不行的東方臉，一頭及腰的捲髮和修長的腿，從背後真的看不出這位又酷又辣的熟女年紀。有好幾次見她拿東西時手都使不上力又不敢問。這回她躺在床上百般無聊，說著聊著她曾在手腕上割出一道道疤痕，左手腕其中一道割得較深傷到神經，所以有四隻手指是較沒有知覺的……。

這一路是怎麼走過來的？最常聽到她掛在嘴邊的話：「時間過得好慢！」

今天一早，護理人員趁她做晨操，在房間的櫃子裡搜出好幾根菸，好厲害喔！

每到用餐時刻，酷酷韓姐會一直盯著盧阿嬤的家屬，看著人家仔細地一口一口餵食，再把頭別過去，又忍不住再回過頭來繼續看。

規定的運動時間到了，我穿著拖鞋用不急不緩的步伐一圈又一圈的走在長廊上，想著等一下就可以拿到王力宏極力推薦、我最愛吃的洋芋片，不禁加快腳步繼續走，心跳得厲害。默默地喜歡他曾令我發狂。吃完洋芋片，感覺很幸福。每天下午三點多，廣播傳出「請有登記的室友出來領點心」，我都開心的去櫃檯領那些零嘴和點心。吃進去的熱量和蹦出來的脂肪融為一體，讓圓滾滾的我看起來更可愛。

又到了領藥時間，一位理著三分頭的壯碩女生（我不知道她的名字）竟然哭了起來，吵著說她不要吃藥，護理人員圍著她安撫情緒。在這裡，每一位領藥的病友都得當著護理人員的面把藥吞進去才能離開。我想，在住進來之前，他們已經吞進太多不值得回憶的過往。

在這封閉的空間裡有四十個床位幾乎全滿，急性病房聽說最多只能待一個月，不像慢性病房一待就是兩三個月。這裡只要病情稍穩定，就會請你出院，因為後面還有一堆人等著要進來。

在交誼廳，牆上貼滿許多病友的作品。我無聊時會坐下來仔細欣賞，卻不太能讀出這些黑白書法或是彩色繪圖中他們的內心世界。我只知道自己心中的那張圖，畫面是白色的，亮得我無法看清楚很多事。

黑夜來臨，慘白的日光燈面無表情的瞪著長長的走道。目睹八〇六房的簡名娟屈著膝，埋住頭，坐在隔壁房門口的地上，狀似龐貝古城的泥人。那個擁有溫潤嗓音，白天會跟著卡拉OK唱出好聽老歌的婦人，把半夜起來上廁所的我驚了一下。就是她，沒事也會不由自主痛哭流涕到眾人相勸也止不住。

今天的夜晚真不寧靜，八〇八房盧阿嬤的哀叫聲持續進行著，只要她醒著，白天和夜晚一刻也不停歇。突然不遠處傳來一陣唉唉叫，接著又聽到一陣匆促的腳步聲，再來是一團混亂的聲音，再隔沒多久，一片沉寂。會是那個……管她是誰？讓・我・睡・吧。盧阿嬤這時也叫累了，安靜下來沉沉睡去。此時，外面的天空逐漸翻白。

和天空一樣白的是在這裡的日子，一個又一個的不明白纏得我喘不過氣來，那些有顏色的藥丸並未能增添生活的色彩，黑夜常常在白天來臨！這星期陸續有人出院，看著酷酷韓姐空下來的床，她留給我的餅乾吃碎了一地。

袁葦

帶著失智長輩去旅行

為家人組個「回味童年返鄉團」的袁葦（後排左一）和母親（前排左二）。

袁葦，雙子座女性：幼稚＋沉穩、單純＋多慮、粗線條＋緊張兮兮、溫和＋暴躁、創新＋傳統的個性組合。30年前自台灣大學復健系畢業，是一位遊走於老人與小孩之間的職能治療師。

旅遊，是現代家庭凝聚情感，放鬆身心的絕佳選擇。只是，當家中有失智長輩，往往很難帶著長輩同行。因不知道在旅途中會遇上什麼難以處理的問題，只能握著長輩的手，歎口氣，繼續在家裡面看著小螢幕。

像這種情況，我倒是有個故事和大家分享。

故事是這樣的：

我母親故鄉在對岸廈門。她十歲大時隨著我外公外婆一家撤離到了台灣。母親兄妹四人，現在一轉眼就是白髮皤皤、八十上下的高齡長者。

廈門有她們孩童時期遙遠深刻的回憶，從小聽母親舅舅阿姨們聊故鄉事成長的小輩們，今年初便規劃了一場「廈門童年回憶之旅」。

這個「回味童年返鄉團」的成員包括了：我母親、舅舅、舅媽、大小阿姨、姨丈，以及正值壯年的表姐妹們四人，還有隨團職能治療師我。

舅媽前兩年診斷出患有老人失智症，原本笑臉盈盈的她，漸漸地變得猜忌多疑，固執易怒。平日由舅舅一人照顧舅媽的生活起居，許多林林總總的小事，例如不肯吃藥、不肯洗澡、不肯睡覺等，都讓老舅身心俱疲。這回親友團遂有個默契，就是大家輪流照顧舅媽，讓老舅放鬆一下喘口氣，換個環境換心情，好好的充電幾天。

而身為一名職能治療師，在出團前我已大致評估過舅媽，知道她在日常生活中主要會造成的困擾為：

1. 認不得人、也記不得事件、時間。
2. 反覆問同樣的問題、提出同樣的要求。
3. 無法判斷情境，在公共場所出現不適切的行為與言語。

進一步，我在行前會議中宣導「突發狀況應對策略」：

1. 替舅媽掛上有名字及聯絡電話的名牌、及手環（目前最新科技有GPS定位系統的手環、手錶、鑰匙、鞋）。
2. 搭飛機乘船等移動的行程中時，每位成員需分工輪流陪在舅媽身旁，以免舅媽在陌生環境中注意力被吸引，而脫隊迷路走失。
3. 當舅媽反覆問同樣的問題時，擅用其記憶力短暫的優勢，以她喜歡的事物，轉移注意力，如引導她看嬰兒照片，討論與嬰兒有關的事物。

4. 有時間壓力的旅程中，若舅媽在公共場所出現不恰當的言語行為，不必花費口舌與力氣去解說，只需以她能夠理解的口語安撫她的情緒，引導她做出目標行為即可。

我們也特意選擇了早上出發的班機，這是顧慮到，傍晚時身體狀況較疲累，舅媽在不熟悉的環境中容易出現心情煩躁、吵著回家的「日落症候群」。有了萬全的準備後，六天五夜的行程，在大夥兒各司其職分工合作之下，縱使有些小插曲，也能圓滿解決、平安順利。

而誰也沒想到，在旅程結束準備踏上飛機的前一刻，我的舅媽突然拒絕安檢，不肯把手上的包包放在X光機輸送帶上，當然也不會肯配合安檢人員以金屬探測器檢測人身的正面、背面、及鞋底。

這回可緊張了，舅媽居然對一臉嚴肅的執法安檢人員大小聲起來：「為什麼要我把包包拿下來？我就知道你們想騙錢。」小阿姨一個箭步衝過來，滿臉歉意地向安檢人員使了個眼色，想要把舅媽的包包從她懷中掏扯出，送入X光機，但舅媽卻把包包攫得更緊。

看見兩人拉扯不下，我擔心舅媽突然失控大叫，就走到舅媽旁邊，用和緩的語氣對她說：「舅媽，看，我跟你一樣，把包包放進機器中消毒，我們去機器那頭等喔。」

舅媽看我也這樣做，一顆心放了下來，乖乖地有樣學樣起來了。

通過安檢門的同時，我特意排在舅媽前面，在不影響安檢人員動作的情況下，要她看著我，一會兒輪到她時，學著我做一樣的動作。

然後，在安檢門前，我站在舅媽看得到的視野，像帶動唱的老師一般，用動作引導舅媽：「雙手舉起來、左腳抬高、右腳抬高、轉身、雙手放下。」好讓安檢人員方便工作。

待安檢人員說出：「下一個！」時，我看到後面排隊的舅舅鬆了口氣，用肯定的眼神對我點了點頭致意，一旁的親友團及圍觀的群眾們也紛紛隔空對我比了個讚。

終於過關了，這次的回味童年返鄉之旅，也圓滿的劃上了句點。

莊芸芸

短鼻，又何妨？

莊芸芸與帕薩德瑜伽上師，2018年合影於百果樹紅磚屋。

莊芸芸，台灣宜蘭人，婚後定居香港，從事瑜伽教學推廣。

那年，我陪著印度瑜伽老師來台，參觀童年居住的宜蘭鐵路局社區。在老屋改造的「百果樹紅磚屋」咖啡廳，印度老師隨意拿起一本兒童繪本，那是作家黃春明老師所創作的童話書，封面有隻鼻子很短的胖小象，他好奇地要我逐頁翻譯。

內容大意是：一隻鼻子特短的小象，想盡辦法要把鼻子拉長，甚至找醫生做假鼻套，仍然無濟於事。某日，附近發生大火，他奮不顧身用短鼻汲水滅火，直到火終於熄滅，一回神，發現自己的鼻子突然變長了，變成又帥又高的大象。

在口譯的當下，我彷彿從短鼻象身上，看到過去那個不接受自己、不了解自己的困惑身影。

從小，讀書考試對我不是難事，只要用功，就可以科科考高分，但是從未認真思考自己真正的興趣。鑑於財經是時興科系，大學填志願也一股腦地追風，如願考進名校商學院第一科系，卻發現在會計、微積分和經濟學裡找不到熱情。麻木地上課、翹課，迫不及待地約會、逛街，遊走在快樂和痛苦的兩端，以為長大就是這麼一回事。

揮別四年，順利找到高薪的財務工作，表現良好，一切充滿希望，然而我很快提不起勁，決定轉換跑道，遞上辭呈。

老闆問我，到底想從事什麼行業？

「要可以賺大錢的。」我不加思索回答。接下來的十年，不斷換工作、尋找新戀情、遠赴英國讀取碩士學位，畢業後留在當地就業，隨著公司調度，長期往返歐亞美洲，嘗試創造符合我期望的人生。

屢次重新開始，外表充滿雀躍，其實心中羨慕與嫉妒著他人能夠從事喜歡的事業，感歎為何自己老是無法穩定，脆弱與憤怒諸多情緒在心中慢慢煎熬，越走越喪氣，覺得一無是處。

小時候，我善於透過學業來獲得讚賞和關注，「外在的認可」不知不覺演化成信心的來源以及追求的目標，以致我從來沒有認真探索過自己的個性和特長。童年時喜歡塗鴉、在腦海編故事，但長期不碰觸，以為自己再也揮灑不出一筆一畫。直到邁入三十歲，身處生命最幽暗沉重的時刻，我開始寫下隻字片語釋放情緒，也在畫布上，以彩筆試探出內心微弱的火花。

將善於觀察人事物的敏感度，化作我寫作、繪畫的靈感泉源；換下穿了十幾年的套裝高跟鞋，發現自己最適合棉衣布履；在職場凡是講求績效速度的我，原來非常需要慢下來，讓一切緩緩醞釀。

有次前往不丹旅遊，路上看見一個小牌，寫著一段小故事：某人向佛訴苦，他想要快樂；佛回答：「放下『我』，放下『想要』，就是快樂。」

放下外在眼光下的完美，放下追尋認可的舊習。我決定將自己一直未間斷的瑜伽學習加深加廣，幾年下來，資歷慢慢累積，生活自給自足，並將寫作、繪畫融入推廣瑜伽教學，一回又一回，我發現真正的快樂總是不預期地降臨；放下比較，專注一己之長，縱使短鼻，又何妨？

童年的老屋保留了紅紅的磚牆，曾經脫胎換骨，飄出濃濃人文咖啡香，一切既熟悉又新鮮。而今，老屋在時光舞台中落幕熄燈，記憶停留在黃春明老師的繪本，故事似曾相識，我喜歡自己這隻短鼻象。

黃淑娟

也是一種生活享受

生活的享受，是拋開紛擾人事，揮汗喘氣走進那片青蔥幽靜。

黃淑娟，多年來教的是一群滿嘴ABC的孩子。想教他們的，不只是一個個的國字和一句句的詞語，而是中國文字的雋永深涵，也希望他們一輩子擁有看懂這些文字的驕傲。期待他們可以接收，並享受到我們經歷過的自在與美好。

從小看到球來就逃，體育課只想躲在樹蔭下的我，陰錯陽差地嫁給曾經是橄欖球校隊，一天不運動就渾身不對勁的先生。

婚後，我們住在終年陽光耀眼，天空總是藍成一片的洛杉磯郊區，清新的空氣不時吸引我們走到戶外。而我也只是常常坐在清風徐來的大樹底下，看著先生帶著遺傳他運動細胞的女兒在草地上丟球撿球，或是拿本書躺在社區游泳池畔的藤椅上，偶爾瞄著父女倆在水中矯捷的身影。運動對我是件「只想遠觀不想近玩」的事。

冬天的美西，山上常有幾個月的積雪，趁著耶誕假期和朋友們帶著幾個孩子上山玩雪。孩子們參加團體滑雪課程，大人們也躍躍欲試，各自租了滑雪板和雪靴便勇氣十足地上了滑雪場。戰戰兢兢穿上笨重的雪靴，踩著和身高幾乎等長的滑雪板，我就在那起伏鬆軟的雪地上屢仆屢起。眼見其他朋友摔得七葷八素，紛紛棄械投降，我竟然跌破眾人眼鏡，在第二天就坐上登山纜車，滑下初級雪道，享受御風而下的速度感。這是我第一次察覺，原來運動這件事也沒那麼難。

後來舉家搬回台灣，女兒步入青春期，朋友和球隊練習占去她大半課餘時間。

好動的先生加入連鎖健身房，誰知健身房惡性倒閉，他氣惱之餘便開始去爬方便又免費的郊山。原先我只是「夫唱婦隨」，勉為其難作陪，不料走了幾回，就愛上了這片四季常綠的山林；暫時離開山下繁瑣紛擾的人事，揮汗喘氣走在青蔥幽靜的步道，恍然又回到美西的國家公園，悠悠地懷念起異國那些年單純無憂的日子。從此一起汗流浹背登高望遠，成了我和先生共同的興趣。對於運動這件事，我開始樂在其中。

漸漸習慣台北人的步調，我有了另外一群朋友。朋友的先生浸淫易學中醫，推薦社區大學的「華佗五禽戲」課程；正值更年期也想著趁早養生，我幸運遇見一個武功底子深厚並認真教學的老師。老師的口訣指令一出：虛靈頂勁，含胸拔背，沉肩墜肘，提肛收腹，腳踩內側，重心湧泉；我即全神貫注，調勻鼻息，眼觀鼻尖，一一省視全身的筋骨肌肉，該放鬆或該拉伸，該前後俯仰或該左右扭轉，腦中清明地只剩下老師的簡單口令，悠遊在這漢末神醫華佗所傳的導引功法裡。

幾年下來，領悟到功法的運用便如我一心奉行的佛法，總要時時自覺自悟。我隨時隨地在行住坐臥間提醒著自己：走路要鬆胯提肛腳跟著地，坐椅要縮腹鬆背伸展脊柱，站立要立身中正重心湧泉。

還是喜歡宅在家沖杯咖啡看本好書，或是聽音樂拿針線縫個書套布包。只是，當我和先生攜手登高遠眺盆地周圍漸次交迭的山峰，當我在家中陽台靜靜地打上一套令人渾身通暢的五禽戲，運動這件事對我而言已經不只是運動，而是一種生活的享受。

邱海靖

為下個十年超前部署

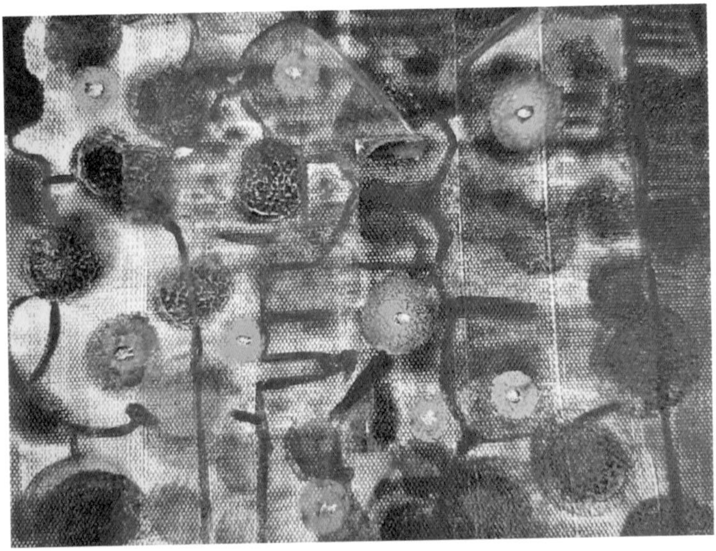

踏入人生下半場，邱海靖的Podcast和繪畫生涯正式啟航。

邱海靖，第一人生歷任書籍編輯、廣告創作人、電台主持、小說作者。第二人生參與廣告配音、主持Podcast節目「暖男周記」和「一分鐘加油站」、經營FB粉專「中年級實習生」、打網球、繪畫。著有科幻小說合集《薛丁格的社會》。

今年踏入五十大關，我問自己，如果這是生命「最後十年」，我要怎麼過？人生無常，假設一個十年限期，是一種自我提醒，能讓被動、內向、做事拖延的我提升行動力。譬如，昔日礙於怕別人不高興，明明不想做一件事卻不敢拒絕；最近一位同事發出喜帖，我說明不會出席但照給紅包，既送上祝福又免去應酬的煩惱。果敢而有禮地拒絕，戒除口是心非、欲拒還迎的習性，待人接物反而爽快俐落，心情輕快。

看到很多長輩愈活愈精采，我提醒自己，若也想在十年後過著不無聊、不缺錢、不缺朋友，還可以做公益服務的樂齡生活，就要「超前部署」，現在即開始準備退休後所需的四大要項：運動習慣、精神寄託、穩健理財，以及社交圈子。

關於運動習慣的養成，中年的我與其抱怨體能走下坡，不如面對現實，一切以健康優先。換句話說，不能像從前，為了打拚事業而犧牲睡眠、四體不勤或暴飲暴食；之前打網球膝蓋常受傷，現在開始以游泳取代，換個方式持之以恆鍛練身體。

我近年展開的終身學習，以研習文學、寫作為最愛。出於好奇，我還報名繪本創作課程。有別於寫作時字字推敲、反覆修改，繪畫完全是率性而為，過程很抒壓，為我打開一扇新的窗口。在好些朋友眼中，稚嫩的畫功反見童趣，讓我信心大增，繪畫可望也成為晚年的精神寄託。

我是大學商科畢業，投資心得是以穩健為前提，戒貪戒急，堅守「三不」原則：

一不：投資只能動用不影響家庭生計的「額外錢」，絕對不能借貸而陷入債務危機。有多少資金就買多少股票，永不沾手風險極高的「保證金交易」（margin trading）或「期權」（option）等。

二不：對於聽不明白的投資項目，勇敢說不，例如結構複雜的基金或保險類型、「有內幕消息」的股票號碼、「保證升值，轉手必賺」的虛擬貨幣、「既可度假又可收租」的外國飯店產權、有「老鼠會」嫌疑的直銷產品、由不肖業者經營的「生前契約」……面對厲害的銷售話術，別因想不出推搪理由而點頭，直接承認「這個我不懂，先謝囉」就成。

三不：投資不是賭運氣，未做功課前絕不出手。買股票前先要了解各行各業和政經前景，耐心研究台股和美股市場是我未來十年的功課。

社交方面，人生經驗多了，發現很多成功學書籍推崇的「人脈存摺」是個假議題。「建人脈」不如「聚人緣」，前者是帶著功利心的刻意結交，後者是隨緣隨心的人以群聚。「花若盛開，蝴蝶自來」的祕訣，正是做最自然、最真實的自己。除了樂於相見歡，更要享受獨處的樂趣，日常生活的問題自己解決，不要事事倚賴旁人。

很多人打算退休後當義工，光有善心並不夠，尚要能力和興趣配合。我打算日後帶愛犬到醫院為病童帶來歡樂，第一步先要成為毛小孩的爸爸。評估自己有能力照料一條生命後，我到訪流浪動物收容所，也在臉書搜尋領養動物群組，終於遇到貴賓犬小白。

有些面臨「中年危機」的朋友見我生活積極，問我有何祕訣？我笑道：「我有一個十年計劃。」

楊堤曉

我親愛的少年

楊堤曉留影於金針花盛開的花蓮六十石山。

楊堤曉，新北市人，畢業於台北師大國文系，擔任國文教師，退休後參加閱讀寫作協會開始創作。喜歡運動、音樂、小說、戲劇、旅行。

我在國中任教，三年一輪，帶了好幾屆學生畢業。

少年如陌上的春樹，出芽、展葉，一刻不歇地成長，轉眼就新綠滿枝，濃蔭蔽天。新生入學時，他們還如稚氣的兒童，但三年間，就在眼前快速茁壯，轉變成窈窕淑女與翩翩公子。

國一的男生有些比我矮，國二時就個個竄高上去。我問丁丁：「你怎麼長這麼快?現在身高一七幾?」他得意地回答：「老師，我一八九。」

旁邊的同學說：「老師，我今年長二十公分。」另一位說：「老師，我兩年胖二十公斤。」

我是導師兼國文老師，除了上課之外，早自習、午休要坐鎮在教室，確保全班三十幾名學生不受彼此干擾，安靜地學習與休息。

青春期的孩子情緒不穩，容易焦慮，還要面對人際、升學的壓力，在窄仄的課桌椅間每日度過九個多小時，實在不容易。所以我對學生盡量寬容，希望他們能在單調冗長的書案生涯中，忍受勞苦，收斂玩心，學習一日八堂輪番而來的課程。

某天上課鐘響，我才踏進教室，「颼」的一聲，一顆黃澄澄的柳丁從教室後面擲來，砸在黑板上。我眼睛瞟一眼激動的郭「投手」，那孩子平日酷帥不羈，滿和善幽默，這日不知什麼緣故發那麼大的火？

我想，他這一記強勁的直球該解氣了吧？所以，在全班鴉雀無聲中，我若無其事地攤開課本開始上課，劍拔弩張的氣氛瞬間煙消雲散。

另一日早晨，第一堂課已經開始了，周才揹著書包出現在教室門口，令人眼睛一亮的是，他新燙了一個蓬鬆高聳的玉米鬚頭。這驚世駭俗的孩子放著後門不走，在同學的注目下，面無表情，不慌不忙地登上講台從我面前晃過，再左轉下台回自己座位。

我打趣說：「你可不可以低調一點？」他淡淡地回答：「我就是這麼高調。」

周的父母因家暴新近分居，他因而鬱鬱寡歡，愛發脾氣。還好有個死黨，兩人形影不離，但也常一言不合在教室大打出手，拉都拉不開。有一次衝突之後周竟然哭了，我很捨不得，在他身邊輕輕說：「乖乖別哭，老師疼你。」我怕他會嫌肉麻，還好並沒有，啜泣聲止了，情緒也慢慢平復。

之後，我常常在孩子們生氣、傷心時，溫和地哄：「小心肝、乖寶貝，別生氣、別哭，老師愛你。」沒人不領情，多少能安慰到班上半大不小、敏感又需要溫情的孩子們。

我跟學生說：「老師唸你們、管你們，只有一個目的，就是要你們好好學習。我是你們在學校的媽媽，督促你們是我的責任。」這種直接簡單的語言，孩子都懂，連平日調皮、好譏諷的同學也沒出來放嘴砲。

有一天中午吃完午飯，我在洗手台洗餐盒，小敏悄悄走到我身旁囁嚅道：「老師，我寫字條給阿龍，他都不回，也不理我，我好難過。」接著聲淚俱下。

阿龍是班上的大帥哥，有八點檔偶像劇男主角的顏值，內向沉默的小敏，此刻正捧著一顆破碎的少女心，向我傾訴。我低聲跟她說：「感情是勉強不來的，不過妳至少勇敢地嘗試過了。別擔心，妳忍一忍，畢業後，大家各奔東西，一切都將是過眼雲煙。未來，妳會有許多機會遇到屬於自己的真愛。」

誰說少年不識愁滋味？成長是要付出代價的。

教育家杜威說：「教育即生活。」希望我親愛的少年，不要只學習課本上的知識，在面對五味雜陳的人生時，學會包容與幽默；經歷生命中無可避免的風霜與試煉時，試著堅忍而豁達；對人對己輕鬆、溫柔點，就算在苦中也要尋快樂，流著淚也能夠微笑。

劉秀枝

幸運多如繁星

除了閱讀、寫作，劉秀枝愛好四處旅行增廣見聞。

劉秀枝，2007年從台北榮總退休，寫作不懈，積極經營豐富的退休生活。專欄見於《康健》、《聯合報》，著有《假如我得了失智症》、《愛上慢慢變老的自己》、《把時間留給自己》、《你怎麼看待老年，它就怎麼回應你》等書。

清晨，一如往常上網瀏覽醫學期刊，一篇有趣的論文吸引了我，文章提到約14%的醫學生有「醫學生症候群」，意思是當老師教到某種疾病或看到病人時，會聯想到自己是否也有同樣的症狀與疾病，因而變得焦慮擔心，真的是「視病如己」。幸好我從來沒有過這種想法。

為何我沒有醫學生症候群？可能是年輕時天真地認為醫師是醫師，病人是病人，角色截然不同，自以為醫師是不會生病的，至少不會生重病，所以聽到有醫師去世或罹患重病，都會很驚訝。

將近半個世紀前，擔任實習醫師的我輪到胸腔病房實習，有一區是開放性肺結核病患。查房時，醫師們都沒有戴口罩，除了是對病人的尊重以及相信自己的免疫力，多多少少也有「醫師不會被感染」的迷思吧？不過，在當時倒是沒聽說過有哪位醫師因此而感染到肺結核。

這種天真與無知或許也是一種幸運，讓憨膽的我專心埋頭苦讀、認真學習，從醫學院畢業後，一頭栽入醫學中心忙碌緊張的行醫教學生涯。多年後，「終於」發現醫師也是會生病的，只是醫師比較懂得預防，醫療資源取得較方便，且瞭解疾病的預後，不會無謂的恐慌害怕。

我在五十七歲開始陸續罹患乳癌、頸椎椎間盤突出和腰椎滑脫，很幸運地都治療成功。恍然覺悟，之前沒有生病是因為還年輕，且父母親給了好基因以及耐操的身體之故，與當醫師無關。

回想當醫學生時，疾病分那麼多科，外、內、婦、兒科等，每一科又有次專科，一本本厚重的英文原文書，敘述的疾病何止千萬種，從還在母體內的基因突變、出生後的發展遲緩、微生物感染、癌症、外傷、退化、代謝異常和精神疾病等等。更別說後來行醫時新的疾病不斷出籠，而在這千萬種疾病中，我只罹患了三種，何其幸運！

前陣子，有天對鏡自照，發現肚腹皮下靜脈曲張，有點像蛇髮女妖「梅杜莎」的頭，接受腹部超音波檢查，並沒有我所擔心的肝病變。活到老年，才第一次在自己身上聯想起以前老師所教的梅杜莎頭，真是何其幸運，並沒罹患與梅杜莎頭有關的肝病變。

我們常常覺得要得到什麼東西，如禮物、彩券、好名聲等，才是幸運；但從另一方面來想，身體好好的不作怪，如器官不亂增生成癌症、不快速退化或受到病毒侵犯等，更沒得到教科書上羅列的千萬種疾病，或即使是罹患了其中幾種，突飛猛進的醫藥常可將之治癒或緩解，這些都是種種無形的幸運。細細品味，這種看不見的幸運多到不可勝數，就像天上的星星，愈數愈多。

劉素美

粉筆生涯第一章

重回任教的第一所學校，會巧遇當年的小蘿蔔頭嗎？如今他們都已年過半百了。

劉素美，以前當老師，現在漸成老婦，一甲子多的歲月，風調雨順。有兄姐弟妹各一，適婚兒子兩位。愛購書買衣，內外兼修。憂記憶力日漸衰退，趕緊來閱寫協會聽聽課、寫些字，把所思所憶記下來，這樣，我就愉悅，感覺抒壓了。

當年，經過筆試、口試、體能測驗，過關斬將後擠進師專窄門，從此過著軍事化的團體生活。五年匆匆，一方豆干被把夢想收整得規規矩矩，一口大鋼杯讓願望消化得服服貼貼，二十郎當，就要「鐵肩擔教育，笑臉待兒童」了。

一九八二年（別急著換算我多老）北師專畢業，許是流年不利還是少壯不努力，同學們被發落得流離顛沛，上山墾荒的、海邊逐臭的，悽悽慘慘，能得意中原的鳳毛麟角。我呢，在父親愛女心切奔走下，幸得以外放觀音鄉保生國小。

此處，四野明媚，蟲鳴鳥叫。學校後面竹林蓊鬱，卻未曾見條青竹絲流竄；右方一路朱槿圍籬，紅花高高掛，勝似每日辦喜事。校門正對面，不是稻浪翻風，就是果蔬飄香，麻雀比人多，賺到！不用站導護，卻有公車直抵校門，從此，我便日日與校長大人同車上班，順便交換學校大小事。

學校小而美，一個年級一班，老師沒得挑，除非你資優跳級。這裡的老師大都是在地「耆老」，喔不，是德高望重之人，跟學生的阿公阿嬤抬個槓都不只一節課。幸好還有兩個未婚的學長，一個半死會，偶爾會載「杵杵」可憐的我下班；另一個怎麼聊就是不投機，不是夢中的菜，擦不出火花，還差點引爆火藥。

菜鳥什麼都得做，除了苦攬各種比賽外，主任帶我參觀校內圖書室。環堵蕭然，沒桌沒椅的，只幾個像擺放掃除用具的書櫃，上頭沒幾列書，封面猶存，書香不再，霉味四散。主任語重心長地說：「以後這個圖書室就靠妳起死回生了。」我的天，這麼陽春的圖書室，如何讓它文風鼎盛？當下，主任還要我先想想適當的標語，一向忠黨愛國的我，在那個非常時期，腦海裡只浮現「讀書不忘救國，救國不忘讀書」。

我教四年級，學生極可愛。那時有免費的牛奶可喝，班上有個乳臭未乾的男生，每天從家裡帶個奶瓶來，不厭其煩地把整盒牛奶倒進去，一個人抱著奶瓶喝得很陶醉。我勸，他不聽；同學笑，他不以為忤，父母也拿他沒轍。

有一次，學校突然宣布放半天假，原來是村裡的大廟舉行慶典，這是全鄉盛事，村民同歡，學生樂翻天。一個小女生急急收拾書包跑來面前：「老師，我媽媽要我早點回去幫忙殺雞殺鴨！」呵，讓沒拿過菜刀鍋鏟的我要肅然起敬了，另一個男生也興沖沖邀約：「老師，我們家今天辦五桌，晚上您要來給我們請喔。」

當晚，校長大人領軍全體老師，一桌敬過一桌，一攤續過一攤。鄉下人尊師重道，全校老師蒞臨，給足面子，蓬蓽生輝，落了哪家都不好。秀了一個晚上，肚子撐爆了，四肢瘦憊了，第一次覺得分發到這裡真值得，人情味濃厚，鄉民太可愛了！

然而，慈愛的父親心疼我隻身在外，極力奔走，一年後，我調回基隆一所離家近的學校。

七月，是我在保生國小服務的最後一個月。到校值班時，暖風薰人，校園寂寂，滿樹豔紅沉沉的鳳凰花，一曲驪歌仍依依。操場已然變成曬穀場，我在廊下凝望，那一隴隴金黃稻穀，多像一排排認真聽訓的小蘿蔔頭，驕陽下，怕你們中暑。

學生三五成群來看我，傷心話別。他們靦腆怯怯，卻又如此真情流露，一隻隻小手拉住我，一雙雙不捨的眼擒著我，把他們最愛的寶貝彈珠、尪仔標、小髮夾，一樣一樣掏給我。孩子，不要對老師太好，是老師太狠心，怎可一年就匆匆離去？別了，教學生涯最快樂的第一年，難忘你們一張張樸實黝黑的臉，一口口缺牙純然的笑！

四十年了，孩子，你們都好嗎？多麼希望有你們一點點訊息，怕你們，早已忘了我是誰？

劉蕗娜

遙想當年我打工

年輕時覺得相機拍不出我的氣質韻味，難得這一張居然巧笑倩兮。

劉蕗娜，曾是天天面對各種挑戰的電信業主管，退休後參加生活寫作班，開始寫作投稿。承蒙老師、同學們及主編的鼓勵：「作品充滿活力、幽默風趣。」當內心情感化作翩翩文字，不僅抒發情懷，更能觸動他人，讓她深深愛上筆耕。

美術館一位志工妹妹告訴我，她要去法國打工遊學，我與她相差四十歲，遙想當年我也有打工經驗。

話說要升初中二年級的暑假，我十四歲，開學前一周，導師找我去辦公室，先誇獎我：上課認真、遵守紀律、聲音宏亮、善於領導云云，當我樂陶陶之際，她賦與我擔任新生訓練整隊的任務。

時序酷暑八月末，我帶領四十餘名菜鳥新生，頂著烈日在操場練習向左、向右轉、起步走！我口喊「一、二、一，一、二、一」，並要求學妹們答數。導師在大樹下遠觀，不時拍手、豎起大拇指，使我益發帶勁。兩個小時整理隊伍，我賺得新台幣五十元，這可是我一星期的零用錢呢！我狂喜，幫自己買了一本精美的筆記本，還有一條圓柱形狀內有葡萄乾的吐司當早餐。

成為大學新鮮人的那個暑假，我在表姐夫開的自助餐廳裡幫忙打菜、結帳。值得一提的那位於台北市忠孝東路四段當年的聯合報大樓員工餐廳，我遇見不少心儀的專欄作家及記者，持券前來用餐，我偷瞄她們的員工識別證，小粉絲如我，總多情地為她們多杓些菜。

升大二的暑假，想要打工賺零用錢，好友伶和我興沖沖循著報紙廣告所登地址找到台北市華陰街，映入眼簾是一排破舊的鐵板屋掛著斗大的看板，寫著：「保證找工作，否則退錢」，屋裡面走出一位濃妝豔抹的中年婦人，頂著鳥窩頭，笑著和我們打招呼。

心裡隱隱覺得不對勁，但兩人的腳卻牢牢釘在地，我們中了蠱似的留下資料、繳交保證金，然後離去。回家後越想越窩囊，第二天早上我硬拉著伶再去職業介紹所，一位光頭凸肚壯漢，邊嚼檳榔邊搖頭說：「保證金沒有在退的啦。」伶嚇得哭出聲來，我強作鎮定小聲說：「我們不要你們幫忙了。」介紹所中年婦人幫腔道：「你們的資料送出去就會有很多工作機會，不要急嘛。」不知那來的靈光乍現，我大聲嚷嚷：「我爸爸是派出所主管，等一下他就會來這裡。」哇哩呸，光頭壯漢吐出一大口紅痰後，示意中年婦人把錢退給我們，急忙把我們趕走。

讀中文系很難找到家教的打工，別系的同學芬問我暑假要不要去餐廳端盤子，除薪水外還可以賺小費呢，我想起曾有自助餐打菜的經驗，連忙答應。工作地點是古色古香的中式餐廳，服務人員得穿旗袍、高跟鞋，芬教我畫眉、抹粉、擦口紅，但給我的旗袍太過合身，搞得我渾身不自在。試想穿著緊身旗袍、高跟鞋，端著五更腸旺熱騰騰的小鍋子，不跌倒就算阿彌陀佛囉，如何優雅的起來？

這份餐廳打工只維持兩天，我無顏見江東父老，沒賺得一文薪水或小費，倒花了不少錢在粉餅、口紅上。唉！罷了，尺有所短，寸有所長，並不是每個人都端得起盤子。

大四必修學分銳減，同學們多無心上課，陸續各憑本事找工作。我經由報紙廣告介紹：「限中文系（肄）畢業生，無經驗可」在一間小出版社實習，社長約六十歲，彬彬有禮，白髮白鬍修整得極為有型。他叫我多觀察、多學習，並沒教我任何東西。我發覺這裡沒有出版書籍，唯一的出版品是收在角落成箱的三大張周刊報紙，內容有社論、專欄、散文、新詩、翻譯等。除了打掃阿姨外，我是唯一的職員。

每天只能翻閱成疊的舊周刊報紙，我不禁懷疑周刊裡的文章從哪裡來？我到底能學什麼？約莫十天左右，溫文爾雅的老社長終於出現了，親切地問我學到了什麼？腦中問號一大串，我羞赧低頭小聲回說不知道。社長輕撫我的背，溫柔地摟了我肩膀，對我輕聲說：「我會教妳。」

我一時臉紅心跳、腦中混沌，心中警報大響，猛地站起來撞到他的臉，拿起皮包馬上奪門而逃。天啊！又是一段難以啟齒的打工經歷。

如果五年就相差一個世代的話，換算一下，我和志工妹妹隔了八個世代，現在女孩的心理素質早已進化一飛衝天，不需我再倚老賣老說些什麼打工江湖險惡。謹在此祝福她 Bon Voyage（一路順風）！

賴美惠

走在鋼索上

自從練瑜伽後，賴美惠身心健康，開始把上班時間無法延續的藝文興趣找回來。

賴美惠，曾任教於中國文化大學、聖約翰科技大學，三十餘年。喜歡音樂、旅遊、文學，擔任台北市婦女新知協會第六屆理事長時，與汪詠黛共創生活寫作班，進而成為閱讀寫作協會發起人之一。現任台北市國際婦女交流協會副理事長。

退休後，自覺每天睡到自然醒是最幸福的事，但連續兩個多月後，突然生病了，身體開始抗議我不該沒有規律的生活，胃痛、胃食道逆流接踵而來，感冒治不好。醫師建議我一定要重新規畫生活作息，改變不良的飲食習慣，更重要的是，得找到適合自己的持續運動。

前兩項，對我來說並非難事，可是持續運動，就不容易了。因為我向來能坐絕不站，能躺就不坐，各項運動在我眼中如同禁忌。

雖然在高中時期擅長跑百米，但那不代表我喜歡運動，每當體育項目測驗，總讓人心神不寧，跳高不是從竿底鑽過去，就是從旁邊跑開，等最後被老師押著，才乖乖硬著頭皮跳過去。其中最害怕的就是游泳，總認為自己無法飄浮在水面上，老師拿著長竹竿輕碰著我的手指，可以順利過關，等老師把竹竿移開，我又心生恐懼馬上沉下去。

上大學依然故我，即使因為身高成為班隊籃球後衛，也沒讓我愛上籃球。幸好我挺喜歡跳土風舞，校內、校外又有各式舞會，課餘還和室友去學民族舞蹈，總算讓我的身體常隨音樂動一動。

研究所畢業後，順利在大學任教，工作日漸繁忙，鍾愛的舞蹈漸漸離我而去，運動只剩下偶而三五好友相聚的郊遊踏青，以及搭不上電梯時不得不的階梯運動。

結婚後生兒育女，工作、家庭都得兼顧，每天下班後趕著回家做飯，空閒時沙發成為我的好朋友，或坐或臥，怡然自得，運動離我愈來愈遠。

好不容易等到退休，沒想到因為貪睡、少動，竟然弄得病痛纏身，和本來的規畫背道而馳，我只好乖乖聽醫師的話，展開運動新生活。

每天強迫自己走到捷運站，再走回來，往返大約二十分鐘。可是，大台北的冬天經常下雨，地上濕滑讓我無法持續，必須設法再找其他的方式運動。某日從外面回來，看見社區的公布欄張貼瑜伽招生公告，太好了，立刻和鄰居相約報名。

第一堂課，瑜伽老師講了許多有關身體的平衡能力和生理的自然反應，我似懂非懂依樣畫葫蘆，隔天睡醒感覺腰痠背痛，連續二、三天才慢慢恢復。女兒看出我興起打退堂鼓的念頭，立刻以過來人的經驗鼓勵著：「多練習幾次，學到要領就會好了。」我只能硬著頭皮撐下去。

有次上課，老師要求我們站著，摒除心中雜念，全神貫注，想像自己走在高空的鋼索上，若失去平衡，就會摔下去。然後，她要我們踩穩腳步，屏氣凝神，一步一步的走過去。我想像自己回到大學時期，參加溪頭到阿里山縱走營隊，走在橫跨溪谷廢鐵道的枕木上，克服如臨深淵的恐懼感，漸漸學會了瑜伽的「持氣」和專注。

現在，每到星期五就期待晚上的瑜伽課，下午開始主動做暖身和靜心的準備，在老師的循序漸進教導下，我慢慢體會瑜伽對身心健康的效用，也學習到如何在喧囂的生活中靜心，就像讓自己定靜走在鋼索上。

譚立人

一二的圓滿

2017年10月，譚立人與愛妻悠遊於宜蘭大同五寮溪。

譚立人，1956年出生。曾是老成持重、童心未泯的少年郎；曾是專斷固執、同理容錯的職場高管；曾是風塵僕僕、念妻念女的思鄉人；曾是人定勝天的愚公、順天知命的空如人；世故天真也不斷交錯矛盾。

曾經有好長一段時間，心中總是嘀咕著：「人生不如意事十之八九，為什麼我的生命走得那麼用力，卻連那一二都看不到？」

母親說，嬰兒時期的我體弱多病，多方求醫吃藥不見好轉。幸好遇到一位留日的醫生，不開藥只給營養品，在自我免疫力逐漸增強後，活了下來。也因為如此，我小時候就被特別保護著，別的小孩上完幼稚園返家，玩得全身髒兮兮，我卻是乾淨得連別在胸前的小手巾，隔天都還能再用。

屆齡入學，父親刻意安排我提早一年入學，他的考慮是若我在升學考試的競爭中失敗，還能多個重考的機會。有道是「人算不如天算」，民國五十七年政府實施九年國民義務教育，採用全新五育並重的課程與教材，國小畢業直升國中，而我卻因提前一年入學，反而踏進捨「考上」別無死所的絕境。

小學小補、初中中補、高中高補，雖然沒有懸樑刺股、鑿壁引光，也需早出晚歸，廢寢忘食，鎮日伏案苦讀。那多備的一年，標誌著我是同儕中最幼齒，也是最沒有發言權的一員，更輾過了無憂無慮、愛作夢的青春年華。總算，上天疼憨人，升學考試難過關關過，讀完大學商學系。

大學畢業考上預官，分發到陸軍排名第一的野戰師。為維持我師的傳統與榮譽，嚴格遵循教戰準則認真反覆進行各項操練，各種軍事演習、測驗、競賽無役不與，爭取最高榮譽。由於「軍功彪炳」，退伍前兩個月，國防部突然特令全師移防金門戍守前線。原本退伍數饅頭的期待，瞬息破滅，恐慌不安盤據家人與自己的心頭，直到平安退伍。

退伍後北上，應徵與所學相關的財務、銀行方面工作。在一次等待面試時，一位老外晃到我座位前，閒聊後，他突然直接問我願不願意為他工作？我覺得機會不錯，當場答應。就這樣一頭栽進當時台灣出口第一大產業的鞋業，加入國際貿易行列。

儘管在工作上兢兢業業，卻無法抗拒時代變遷，當勞力密集，產業被迫外移，一直執台灣出口牛耳的鞋業，開始逐勞動力充足的中國大陸、越南、印尼等國家的水草而牧，我也從此成為飄零的牧羊人，轉眼當了三十年的台勞。終於，在家人支持下退休回台，憧憬著與妻子攜手全台趴趴走的新藍圖。無奈妻子因心血管疾病突發離世，我在驚愕傷慟之餘，不免頻頻自問，生命的意義到底是什麼？

妻子去世三年多後，我升格為外公，女兒、女婿問：「爸，你願不願意幫忙帶小 baby？」我才倏忽回過神來，孫女的降臨該是為自己生命翻開另一頁篇章。

打起精神，報名參加保母育嬰課程，取得保母技術士證照，成為正式的合格「奶爺」保母。看著新生命在自己手中哭得一天比一天宏亮，笑得一天比一天燦爛，每天都從她的成長中，發現生命是那麼美妙、新奇與歡樂，心中油然升起感謝女兒與女婿讓我帶孫的體貼與用心。

原本以為從此只能過著減法的退休生活，只剩回憶、只剩往事。然而，這一身連自己都曾厭煩的臭皮囊，卻因為做了全職「奶爺」照顧新生命，在那八九不如意的人生中，成全了一二的圓滿。

關蕙明

年年有刺

年年有刺的團年圍爐，有滋有味。

關蕙明，筆名獻之，1987年香港理工大學日文系畢業，即移居台灣，1991年結婚生子後，選擇當全職媽媽，陪伴孩子成長，同時參加培訓為故事志工，為小朋友說故事。愛好圖文的她，利用家務中零碎時間，玩翻譯、寫寫心情故事或塗鴉做繪本。

「大姐，今年除夕到妳家團年嗎？」小妹如往昔來電，明知故問是為了接續的這句：「我來弄道砂鍋魚頭，下班後趕去妳家料理。」

聽到小妹要做砂鍋魚頭，先生搶話回說：是否能做兩回，除夕一鍋、初二再一頓。砂鍋魚頭是媽媽的招牌菜，後來因體力不佳甚少做大菜，小妹學起來，自栩為拿手菜。

我們一家六口，個性南轅北轍，平日各唱各的戲，天地合時人就和，碰到天昏地暗時，還有加碼演出的戲外戲；姐妹們結婚後加上自己的小孩、先生，一個戲台鬧哄哄的，有時走位、定位沒喬好，就變成一齣歹戲拖棚。當不知如何演下去時，就想辦法讓拖到過年，過年就有轉機。

除夕前一天早上，我去機場迎接仍在香港生活的二妹一家。搭乘國光號途中，小妹焦急地來電求援，說她在市場選購了兩個剖半的大鰱魚頭及其他配料，食材比她還重，我馬上聯絡兒子火速馳援，幫忙小阿姨提貨。電話才掛上，又接到媽媽來電，告訴我她會準備一道素食，名為「發財如意」。這是一道香港過節，必上桌的年菜，食材是髮菜、香菇、白果、木耳，講究色香味的媽媽，另配上綠花椰菜和紅蘿蔔。為了年夜飯及初二回娘家團拜，短短一小時的接機路上，頻頻接撥電話，媽媽的叮嚀總是沒完沒了。

二妹與我相視而笑。媽媽的叮嚀經常包山包海，鉛筆、橡皮擦、手帕，以及下課後該走哪一條路。

除夕當天，我先將所有食材取出解凍，小孩幫忙清洗並分類放好，我和先生忙著打掃家裡，挪移桌椅傢具，準備迎接一家十多口，還能舒適活動的空間。下午四點多，爸媽，二妹一家、三妹一家，陸續來到。媽媽如常直驅廚房，攻占主廚大位，開始切切洗洗、分好主配菜，我家的廚房與媽媽更親，一個人忙得很專心，我們在旁邊聽命，想要插手還被回嗆笨手笨腳。媽媽在廚房總有三頭六臂，熱鍋與油鹽之間移位，都有媽媽的心法。

五點多小妹下班趕到，取下戒子，綁起馬尾，挽起袖子，穿上圍裙，一股腦衝進廚房，「媽！讓開，您到客廳坐。還想脊椎再開刀嗎？」小妹連媽媽的脾氣也繼承了，語氣兇巴巴，底子柔軟，我與二妹趁機半推半牽的請媽媽到客廳坐坐，倒杯熱茶給她，請她稍息。爸爸順勢拿起搖控器，切換至烹飪節目，囑令母親說：

「美女大廚回來了，來看電視煮飯吧！」

媽媽不放心我們燒菜的技倆，擔心女兒們端不出一桌色香味俱全的年菜，因為團年飯除了我們自家人外，還有女婿們呢。媽媽的心，我懂。

媽媽讓位後，我與三妹成為小妹的當家助手。她從小不愛坐在書桌前，常常找機會跟在媽媽身旁，說是幫忙燒菜，實則名正言順當小跟班。小妹，聰明、反應快，媽媽烹煮的每個細節，她看在眼裡、記在心裡，小時候光是煮泡麵，她都很講究，泡麵裡竟然有青菜、香菇、干貝、紅蘿蔔；反觀我們的碗裡，只有所附的調味包。講究是廚藝的基本功，每一道看似輕易的手路菜，都有不輕與的細節。

二妹平日工作忙碌，家事都是菲傭代勞，來台是為了休息與團聚，充當攝影師，拍下我們在廚房的活動。姐妹們各就各位，邊煮邊吐槽，說到忘形時，漏接了個食材，掉到地上，就順手拾起，在水龍頭下洗洗，「不要讓媽媽知道」，然後哈哈大笑。

這次換我學做菜，希望有一天由我當主廚。我看著小妹用米酒、胡椒粉將半邊鰱魚頭先醃十分鐘後，以中火轉小火煎至兩面金黃起鍋，暫放在碟子上。然後用少許沙茶醬，將香菇、薑、香蔥、大白菜翻炒至香氣撲鼻，移至中型臉盤大的砂鍋中，是為鍋底料，剛煎好的魚頭則放在其上，還加上其他食材：木耳、鵪鶉蛋、油豆腐、紅蘿蔔、玉米筍、金針菇和豌豆，一層一層再鋪平覆蓋在魚頭上面，接著蓋鍋，以中小火烹燜煮四十分鐘左右，當蒸氣從鍋邊冒出時，即掀起鍋蓋，放入蔥段，關火，一大鍋色香味俱全的砂鍋魚頭上桌。

飯桌上擺滿各樣年菜，唯獨砂鍋魚頭最讓大家垂涎，它從食材到烹調都是由我們姐妹合力完成。這道菜從媽媽到子女、從香港到台灣，而今各自婚嫁，還能姐妹同心攜手完成。這是我期待的轉機。

先生夾起細滑的魚雲給媽媽，小妹識相地夾起嫩如豬腦的「胡桃肉」、即魚的喉邊和腮連接處，給美食家姐夫，先生再小小翼翼地剔出魚刺，將魚肉分食給每個人。

我舉起酒杯祝福。已經想不起來六口之家，誰讀錯劇本、走位失據，這一刻大夥圍爐，我相信這便是火種，足以煨暖種種離散，包括魚肉裡頭的那些刺。

施養慧

天字第一號情報員

施養慧的文筆，與她喜歡的幾米作品有相同風格——明亮而溫馨。

施養慧，鹿港人，台東大學兒童文學研究所畢業。曾獲九歌年度童話獎、台東大學兒童文學獎。已出版《小青》、《338號養寵物》、《好骨怪成妖記》、《不出聲的悄悄話》、《傑克，這真是太神奇了》；改寫《騎鵝歷險記》珍藏版與橋樑書。

「為什麼你要在七的前面加兩個零呢？」每當有人問〇〇七，他總回答：「這要問我大師兄，是他起的頭。」

「……〇〇一」是「〇〇七」的大師兄，也是情報局裡最神秘的人物。他來無影去無蹤，就連〇〇七都沒見過他，沒有人知道，〇〇一會成為天字第一號情報員，全因為他膽小。

他從小就怕黑，走到哪裡都帶著兩把手電筒，連睡覺時也得開上兩盞燈。儘管如此，他依然沒有安全感，總覺得有人在跟蹤他，這種超乎常人的警覺性便成了情報員的必要條件。

五歲那一年，他終於見到了跟蹤他的人，而且還一次兩個。由於他長年處在光線下，不同的光線照出不同的影子，而且隨著光源的強弱，影子還深淺不一。日積月累下，身邊就跟著兩個影子，既然是自己的影子，那就沒什麼好怕的，誰不是一輩子都被自己的影子跟蹤呢？

從那天起，他就叫自己的影子「黑仔」跟「灰仔」，兩個小的也叫他一聲「阿光」，因為有光才有影。他們三個比兄弟更親密，比姊妹還貼心，而且永生相隨。

每當阿光陷入苦思時，黑仔跟灰仔就會跟著移行換位，幫忙出主意；當阿光想出好點子，黑仔跟灰仔又會在後方擊掌；就連感冒時，黑仔跟灰仔也會一個負責咳嗽，一個負責流鼻涕。

當一切的苦難跟歡樂都有人分擔與共享，膽子就大了。他們不但是命運共同體，甚至還有一首主題曲叫〈守著陽光守著你〉。

他們一起長大又形影不離，難免有吵架的時候。不過，只要有人吵架，另一個就會充當和事佬，任何的爭執很快就會平息，直到三人鬧翻的那一次……

他們為了喝咖啡要不要加糖，或是全糖跟半糖吵翻天，而且事關品味無法退讓，一氣之下竟然「啵！」一聲，分開了。他們僵在那裡，驚魂未定的看著彼此。

「忍你們很久了！別跟過來。」黑仔突然開嗆，說完，轉身就走。

「呵！不知道誰才是跟屁蟲？」阿光大喊。

「喂！你們不要這樣啦……」灰仔看著他們分道揚鑣的背影說。

「哼！從今天起我不再是別人的影子了，我就是我，黑仔！」

「再見！」阿光把手電筒扔進垃圾桶，拍了拍手說：「我再也不為你們打燈了！」

「說走就走，不跟你們好了……」灰仔孤伶伶地哭著。

阿光走著走著，想起了有一次黑仔跟灰仔聯手鬧他，在他的腰際搔癢，待他一轉頭，他倆就互相指著對方賊笑。結果玩笑越開越大，從搔癢到推肩，最後竟然輪流巴他的頭，「哪一次不是吵過就算了？」他嘆了口氣，回去找手電筒。

黑仔走著走著，想起了總是在前面帶路的阿光，「踩到狗屎的是他，撞到柱子的也是他。吃冰的時候，還不忘分我一口……灰仔這麼瘦弱……」便掉頭跑了起來。

「黑仔」、「阿光」他們一碰面就牽起彼此的手，對著四周大喊：「灰仔、灰仔，你在哪裡？」

「都是我不好，」黑仔狠狠打了一下自己的耳光。

「唉唷！」阿光摸著臉說：「要打也不預告。算了，我也該打。」

「灰仔，灰仔……」黑仔跟阿光同步停下來，看著彼此點了一下頭，唱起：「守著陽光守著你……」沒多久，灰仔微弱的合音傳來：「守著陽光守著你……」

隔天，他們在太陽下發誓：「我們永不分離，除非這個世界沒有了光。」

他們學會了彼此包容，當黑仔愛上搏擊，其他兩個就陪他過招；灰仔喜歡發明東西，眼前就有兩個現成的實驗品；阿光喜歡擦古龍水，後面那兩個就得接受他的味道。至於咖啡怎麼喝，也有了解決方案。不加糖的阿光先喝，再來是喝半糖的灰仔，最後交給黑仔，他愛多甜就喝多甜。

為了測試彼此的默契，他們還在紙上寫下各自的夢想，結果「成為情報員」是他們共同的志願。再也沒有比這個更適合他們的工作了，只要一出門他們就背靠著背成防禦隊形；無論走到哪裡，黑仔跟灰仔也會一個掃、一個擦，抹去阿光的腳印。需要應對時，就讓風流倜儻的阿光出馬，打鬥場面由黑仔來，易容與武器則靠灰仔搞定。

阿光一個人當三個人用，又只領一份薪水，當情報局授予他一號情報員的殊榮時，他堅持在一的前面加兩個零，他說：「這次，我要讓黑仔跟灰仔排在前面。」

——一〇九年九歌年度童話獎

賴美貞

李天祿的四個女人

賴美貞與夫婿作曲家錢南章，伉儷情深。

賴美貞，台北市立女師專、東吳大學中文系畢業，國小教師退休。著作：《南風樂章》、《錢南章十二生肖》、《李天祿的四個女人》歌劇劇本（獲第29屆傳藝金曲獎最佳創作作詞人獎）、《山豬妹》、《錢南章金包里之歌》。

（楷體字為閩南語發音）

第四景之二：台北大龍峒陳悅記老師府

黃金鑾與陳茶會面交集，兩人各自的心思，反應出正室陳茶心底，對丈夫在外處處留情的幽怨，而黃金鑾對於自己終究非名正言順的角色，也有所感嘆，兩個女人在這種情況碰面免不了難堪的情緒。

陳茶、黃金鑾二重唱〈我來照顧〉

黃金鑾：阿祿仔師予人創治，昏昏死死去矣。

陳茶：我知影。

黃金鑾：已經有注射——

陳茶：我來就好，多謝。

黃金鑾：也啉過鹽湯矣。

陳茶：我來照顧就好，多謝。

黃金鑾：先生有講愛好好仔歇睏。

陳茶：知影，我來照顧就好，多謝。

黃金鑾：先生有講愛注意伊的喘氣。

陳茶：我知影。（陳茶漸漸不耐煩）

黃金鑾：伊猶是真愛睏……

陳茶：知影。

黃金鑾：先生有講……

陳茶：知。

陳茶、黃金鑾同時唱，不同詞。

陳茶：

外面的查某送阮翁轉來，
叫阮愛按怎對待？

阿祿親像天頂的雲，
飄來飄去，
二十冬來，

黃金鑾：

伊是阿祿的某，
這是您的厝，
我是算啥物？

我無爭名份無愛錢財，
只要伊佮我做伙，
予我共伊生後生，

放蕩慣勢，
伊敢有認定這是伊的厝？
外面查某一个換過一个，
講是濟囝濟福氣，
敢有啥人替伊生甲半个。

予我照顧伊，
這卑微的心願，
天公伯啊，請您慈悲，
緊予伊人精神起來。

（老師府和陳茶的燈光漸暗，只剩黃金鑾的燈亮著）

黃金鑾獨唱〈願望雙人做伙〉

天頂的雲隨風飄，
看起來真逍遙，
阮的心情親像踏入雲內
一跤懸一跤低，
行甲蹁蹁倒倒。

雲的路，闊莽莽，
在伊行東往西，
欲去佗就去佗，
阮的路，
層層疊疊，坎坎坷坷，
欲按怎行？
才會當綴著伊的跤步？

無名無份無要緊，
只要兩人做伙，
為著李家的香火，
向望花開會當結子，
樹大會當散葉開枝，

囝孫濟……濟濟。

陳茶獨唱〈你是雲〉

你是天頂的雲，
看會著摸袂著，
你若出去我當做你拍毋見，
轉來是抾著，
二十外冬的婚姻，
仝桌食飯只倩過年的暗頓，
毋是咱的命硬，
是你風流放蕩的藉口，
我毋願求你，
只好放手，
這就是我的命。

我和一枝筆在路上

文霞等

遠景出版公司

2013 年 6 月

定價：280 元

張知禮等 71 位

遠景出版公司

2018 年 3 月

定價：450 元

我和一枝筆在路上

我和一枝筆在路上

我和一枝筆在路上

國家圖書館出版品預行編目資料

我和一枝筆在路上. 3/杜解萍等著. -- 臺北市：台北市閱讀寫作協會, 2022.12

面； 公分

ISBN 978-626-96911-0-4(平裝)

863.55　　111019976

我和一枝筆　在路上 3

著　　者　杜解萍等
企　　畫　台北市閱讀寫作協會
主　　編　汪詠黛
編　　輯　吳穎萍　邱雯凰　游文宓
校　　對　台北市閱讀寫作協會校對小組
封面設計　翁翁．不倒翁視覺創意

出　　版　台北市閱讀寫作協會
地　　址：105052台北市松山區八德路4段245巷31號7樓
網　　址：http://mypaper.pchome.com.tw/ melodywang101
電子信箱：melodywang101@yahoo.com.tw

編印發行　文訊雜誌社
地　　址：100012台北市中正區中山南路11號B2
電　　話：02-23433142　傳真：02-23946103
發行業務：高玉龍 wenhsunmag@gmail.com
郵政劃撥：12106756 文訊雜誌社
經　　銷　聯合發行股份有限公司

出版日期　2022年12月
定　　價　360元
I S B N　978-626-96911-0-4